图画通识丛书
A Graphic Guide

莎士比亚

Introducing Shakespeare

尼克·格鲁姆（Nick Groom）/ 文　皮埃罗（Piero）/ 图
傅光明　杨冀 / 译　傅光明 / 审校

三联书店

图书在版编目（CIP）数据

莎士比亚 /（英）尼克·格鲁姆（Nick Groom），（英）皮埃罗（Piero）著；傅光明，杨冀译. —北京：生活 · 读书 · 新知三联书店，2019.5
（2025.5 重印）
（图画通识丛书）
ISBN 978－7－108－06356－4

Ⅰ. ①莎…　Ⅱ. ①尼…　②皮…　③傅…　④杨…　Ⅲ. ①莎士比亚（Shakespeare, William 1564-1616）－文学评论　Ⅳ. ① I561.063

中国版本图书馆 CIP 数据核字（2018）第 145297 号

责任编辑　樊燕华
装帧设计　张　红
责任校对　常高峰
责任印制　卢　岳
出版发行　生活·讀書·新知 三联书店
（北京市东城区美术馆东街 22 号 100010）
网　　址　www.sdxjpc.com
图　　字　01-2019-1746
经　　销　新华书店
制　　作　北京金舵手世纪图文设计有限公司
印　　刷　北京隆昌伟业印刷有限公司
版　　次　2019 年 5 月北京第 1 版
2025 年 5 月北京第 2 次印刷
开　　本　787 毫米 × 1092 毫米　1/32　印张 5.75
字　　数　50 千字　图 170 幅
印　　数　08,001－11,000 册
定　　价　30.00 元
（印装查询：01064002715；邮购查询：01084010542）

目　录

识别莎士比亚

今天，莎士比亚被世界各地的人们演出着、阅读着和学习着。何以人们会有如此兴趣——或者说，更重要的——何以人们会对一个生于斯特拉福德、早在 400 年前就已去世的英国作家有兴趣？莫非因为他常被说成世界上“最伟大”的作家？换言之，他超越了时空，成为具有全球重要性的人物。这是一句令人惊异的断言。为能理解这一现象，我们先要问一句：“谁是那个真正的莎士比亚？”

威尔，真正的莎士比亚，请识别自己。

生于圣乔治日

1564 年 4 月 23 日，圣乔治日，威廉·莎士比亚在埃文河畔的斯特拉福德出生。英国的民族诗人在英格兰守护圣人纪念日这一天出生——这是真的吗？为支持民族或文化利益，历史事实可以改写。唯一可靠的证据是：莎士比亚在 1564 年 4 月 26 日受洗，因此，他可能生于 21 日、22 日或者 23 日——莎士比亚的崇拜者后来一致认同，莎士比亚的生日就是圣乔治日，从而使英国和他的诗歌结了亲。

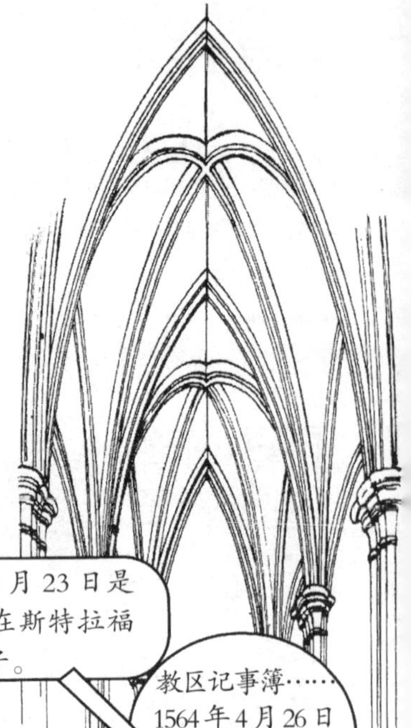

当地传说，4 月 23 日是夜莺第一次在斯特拉福德歌唱的日子。
教区记事簿……1564 年 4 月 26 日约翰尼斯·莎士比亚之子受洗。[1]

[1] 该记录是拉丁文，拉丁文“约翰尼斯”即英文的“约翰”。——译注

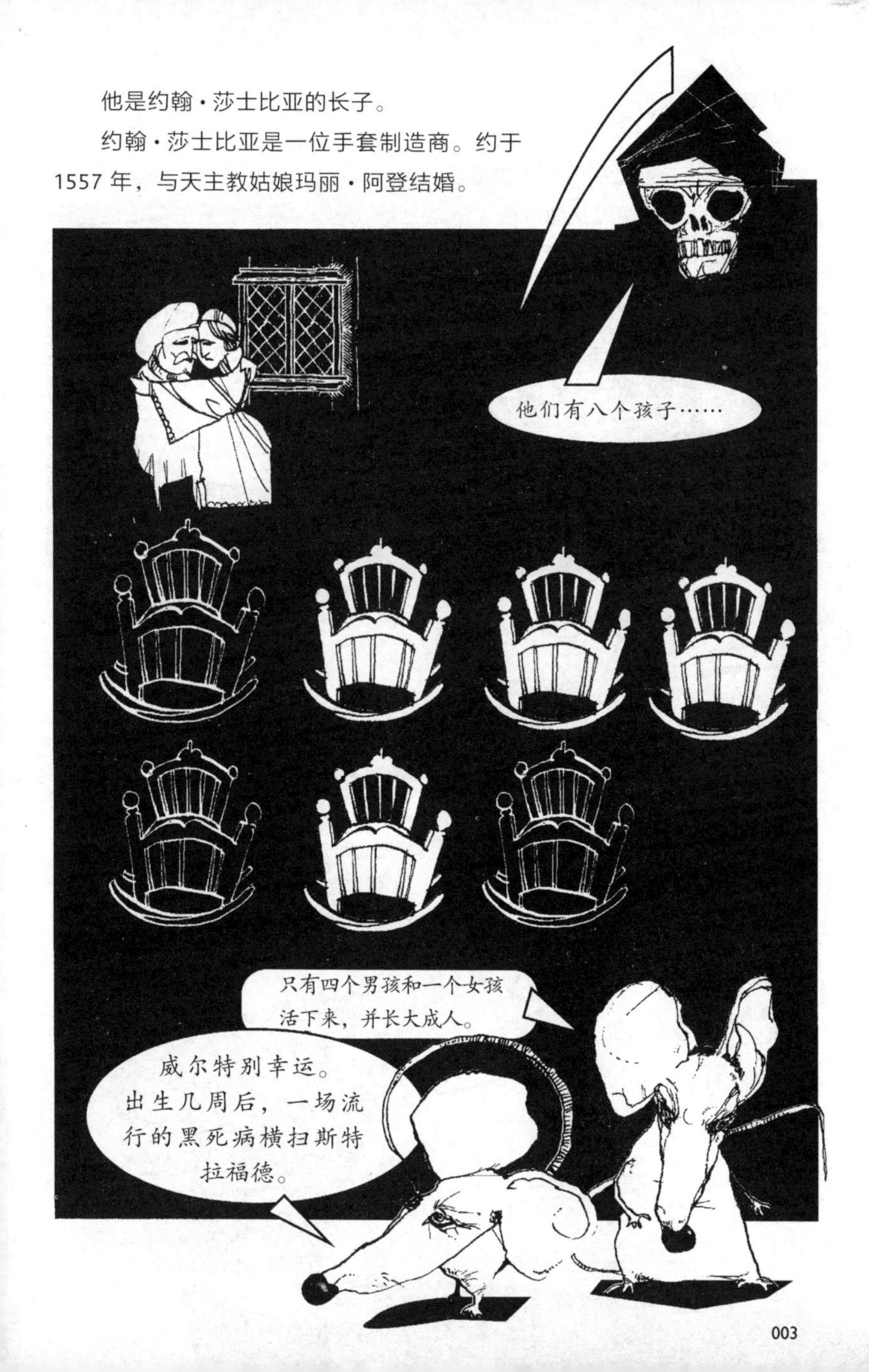
他是约翰·莎士比亚的长子。
约翰·莎士比亚是一位手套制造商。约于1557年，与天主教姑娘玛丽·阿登结婚。
他们有八个孩子……
只有四个男孩和一个女孩活下来，并长大成人。
威尔特别幸运。出生几周后，一场流行的黑死病横扫斯特拉福德。

家族的抱负

威尔的父亲是亨利街上的手套制造商，可能没受过教育。或许识字，但除了记账，没写过其他东西（不过他妻子签署文件的娟秀签名证明，在她的物品中有一支鹅毛笔）。

但他展现出处于上升期的英国中产阶级商人典型的公民抱负。
我在镇议会担任议员，后担任镇长（或称高级执行官）和治安官。

但在 1570 年，威尔要上小学的时候，他受人尊敬的父亲因放贷违法被罚款，家庭财富开始减少。两年后，父亲又被指控非法买卖羊毛。作为长子，威尔肯定知情——这些细节他记了一辈子。

让我算一算：每 11 只阉羊产 28 磅羊毛 ；每 28 磅羊毛可卖一镑一先令 ；剪过的羊有 1500 只，共有多少羊毛？

相关剧情参见莎士比亚戏剧《冬天的故事》
第四幕第三场第 32—34 行

换成现代英语则是：

每 11 只公羊可以产 28 磅羊毛，值 21 先令[1]，总计 143 英镑。[2]

[1] 一英镑等于 20 先令。——译注
[2] 原文如此。——编注

债务和麻烦

枢密院取缔非法买卖，中止了对羊毛交易的授权。约翰·莎士比亚因此负债，将部分家产做了抵押。他不再参加安立甘宗[1]的礼拜活动，声称怕遇到债主——他还可能宣布自己是一名天主教徒。他向英国纹章院提出授予他一个盾形纹章的申请遭到拒绝，并终因习惯性缺席斯特拉福德地区议会而被开除。

[1] 新教中的安立甘宗，亦称圣公会，即英格兰国教。——译注

尽管遭此困扰，他仍然是个“面带快乐的老头儿”，在自家店里干活儿，生下更多的莎士比亚，和儿子开玩笑。

此时，威尔正在当地文法学校读书，以一己之力维持着家族荣誉。

学校生活

然后是哭哭啼啼的学童，背上书包，脸上闪着晨光，
像蜗牛爬似的，极不情愿地去上学。

《皆大欢喜》第二幕第七场第 145—147 行

伊丽莎白时代的英格兰，文法学校每周六天课，每天从早上 6 点到下午 5 点半，课程有拉丁文，英文与拉丁文互译，记忆、背诵拉丁文诗歌和散文。

ZZ
ZZZ
那时，学校不许升入高年级的男孩子说英语。

威尔可能学了八年拉丁文，包括语法、逻辑和修辞，还学了特伦斯、普劳图斯和维吉尔的戏剧。奥维德的《变形记》是他的最爱。[1]

---

[1] 特伦斯、普劳图斯、维吉尔、奥维德，均为古罗马诗人、剧作家。——译注。

威尔的朋友、剧作家本·琼森后来打趣说，莎士比亚只会“很少的拉丁文，希腊文会得更少”。但拉丁文诗歌和修辞训练了他的耳朵，造就了他的想象力。威尔的早期悲剧《泰特斯·安德洛尼克斯》就是在奥维德、塞内加[1]和罗马史学家们的启发下写成的。

但我也发展了
诸如托马斯·基德（1558—1594）、克里斯托弗·马洛（1564—1593）和乔治·皮尔（1556—1596）这些同时代剧作家们务实的戏剧手法。

奥维德的《变形记》（亚瑟·戈尔丁英译本）在他的创作生涯中，始终是灵感的来源，他将英译本和拉丁文原著对照阅读。

[1] 塞内加是古罗马著名戏剧家，尤其擅写流血悲剧。——译注

丢失的岁月

威尔后来可能在兰开夏郡的霍顿家教过两年拉丁文。这是莎士比亚一段“丢失的岁月”。关于他这段时间的活动，没有任何可靠记录，但透过早期戏剧，或许能看出他短暂教过书。许多当过老师的学者，都支持这一说法；也有其他人另有看法。

达夫·库珀是位才思敏捷的外交官，“二战”后他写了一本书《莎士比亚中士》（*Sergeant Shakespeare*, 1949）……
……关于我所谓的军旅生涯。
单人艇运动员威廉·布里斯想象着，莎士比亚和弗朗西斯·德雷克爵士一起环游世界……
……后来在一次航程中，船失事了。

莎士比亚生平留下许多空白时段，批评家和传记作者都觉得有义务尽可能从中看清自己的影子——不过也有人相反，比如安东尼·伯吉斯在他的莎士比亚传记中这样写道……

我自
己是近视眼，我
猜莎士比亚并不
近视。

有研究表明，莎士比亚是天主教徒、清教徒、保皇派、共和派等等等等，但这些判断都没有确凿证据，不过是从他笔下剧中人的几句台词断章取义。从莎剧中看不出他的宗教和政治信仰。

婚姻

我们确实知道，威尔·莎士比亚于 1582 年末，与安妮·海瑟薇结婚。这桩婚姻激起传记作家们的各种猜测。她比他大八九岁，怀有三个月身孕。她是一个掠夺成性的老女人吗？莎士比亚写诗追求过她吗？他的第 145 首十四行诗以她的名字“Hathaway”的双关语结尾……

她把“我恨”的“恨”字丢弃，救了我一命，说“不是你”。

新婚夫妇搬到亨利街，与莎士比亚一家人住在一起。在那儿，威尔也许在帮父亲摆脱日渐衰败的生意，也许还做过兼职抄写员。

5月，我们的女儿苏珊娜出生。
三年后，仍然住在拥挤的大家庭里，我们有了一对儿龙凤胎，哈姆尼特和朱迪丝。
不久之后，威尔离家去伦敦的剧院工作。
尽管他会定期回斯特拉福德并在那儿投资，实际上，他已抛下这个刚组建不久的家，开始了并不稳定的职业生涯。

受雇的演员

一开始，莎士比亚很可能只是一名受雇的演员，什么小角色都不拒绝。

每天，各种剧目循环上演，所以一个演出季，我大概要学会演一百来个小角色。

按文学史家**约翰・奥布里**（1626 —1697）的说法，他“演得极其出色”。他出演过**本・琼森**的《个性互异》（1598）和《西亚努斯的覆灭》（1603）。

莎士比亚还演过自己剧中的角色。这是他弟弟讲述的故事……

……有一次看他演自己笔下的一个喜剧角色，一个衰弱的老人，戴着长胡子，显得如此虚弱无力，自己走不了路，只能由另一个人架到桌边，和一群人坐在一起。他们正在吃饭，有一人在唱歌。

他演的是《皆大欢喜》第二幕第三场中的亚当。

我虽然显得老，身子骨还硬朗，有力气。因为我年轻时，没喝过一滴伤身的烈酒，也从没恬不知耻寻欢作乐，弄软过身子。

第 47—51 行

据说他还出演过《哈姆雷特》中的幽灵（第一幕第五场第 15—20 行）。

我可以说出来的这件事，哪怕轻描淡写几句话，就会刺穿你的灵魂，冻结你的热血；让你双眼前凸，像脱了轨道的星辰；让你编好的发辫松散，每一根头发都森然耸立，像豪猪身上的刚毛。

演戏对写作的影响

根据最近的计算机分析，莎士比亚可能还演过《哈姆雷特》“戏中戏”里的演员甲、《仲夏夜之梦》里的提休斯公爵、《泰特斯·安德洛尼克斯》里的黑人亚伦、《第十二夜》里的安东尼奥，甚至《特洛伊罗斯与克瑞西达》里的尤利西斯，还有各种各样的国王、老人以及合唱队成员，比如他演过《罗密欧与朱丽叶》里的劳伦斯修道士和合唱队成员，还出演过《理查二世》里冈特的老约翰和园丁。

我演的那些通常是只在开场出现一次的小人物——有时他们说的第一句台词，能引出随后经过精心设计的美妙对话。
当他写一部新戏时，他所记住的演出角色，可能会影响他的写作风格。

无论如何，他的戏常互有关联。在《罗密欧与朱丽叶》之后几天上演的《仲夏夜之梦》，是一部对早期浪漫主义悲剧的强烈模仿之作。莎士比亚常用反讽的方式，拐弯抹角地说到自己的早期剧作。

浪漫主义诗人**柯勒律治**（1772—1834）后来说……

伟大的剧作家造就伟大的演员。但仅从一个演员的角度来看，我确信他演起《皆大欢喜》中的亚当，要比伯比奇[1]演的哈姆雷特或理查三世更出色。想一想他和奥兰多中间的那场戏；再想一想，扮奥兰多这个角色的演员，要把写这部戏的作者抱在怀里！想想把莎士比亚抱在怀里的感觉！为能亲耳听莎士比亚念一句台词，早死 200 年也值了。他一定是个很棒的演员。

[1] 伯比奇，莎士比亚同时代的著名演员，也是莎士比亚所属内务大臣剧团的同事。——译注

受雇的剧作家

他先一直写诗，之后开始写剧本。他的第一个剧本可能是《维罗纳二绅士》或《哈姆雷特》的初稿。他可能写下《爱德华三世》头两幕，并与人合写过《托马斯·莫尔爵士》（由安东尼·穆雷改编）。《托马斯·莫尔爵士》的手稿保存至今。该书共有六种不同笔迹，出自“Hand D”之手的三个对开页，1916 年被确认为莎士比亚的手迹。

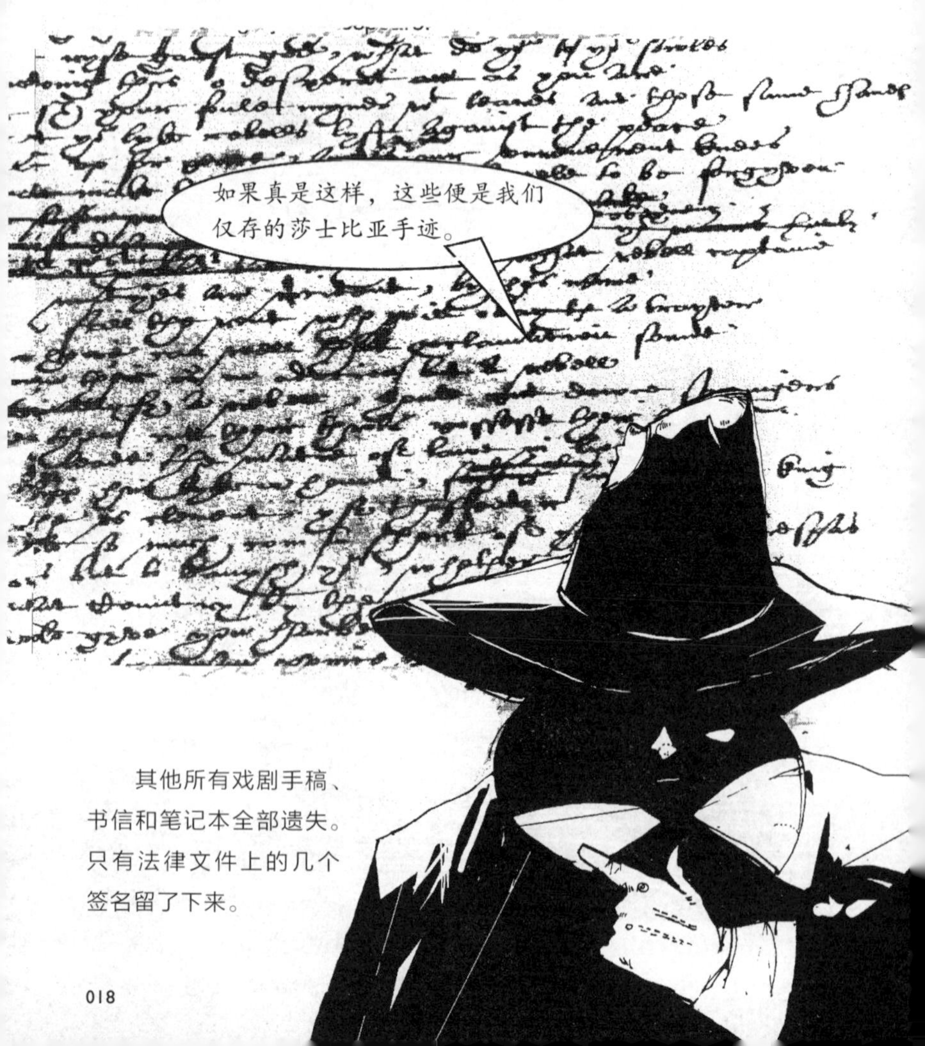
如果真是这样，这些便是我们仅存的莎士比亚手迹。

其他所有戏剧手稿、书信和笔记本全部遗失。只有法律文件上的几个签名留了下来。

莎士比亚在《托马斯·莫尔爵士》里写的那场戏，节奏很快，几乎没加标点，拼写极为随意（“莫尔”的名字拼写成三个样子）——但这场戏却有一种活泼的戏剧力，比如当莫尔试图平息人群骚动的那出戏。(《托马斯·莫尔爵士》，第二幕第 82—87 行）

……这样下去，你们谁也别想终老此生。因为其他恶棍，一旦有了想法，便会用跟你们一模一样的手，自编的理由，以及自身的权利，欺骗你们，人们势必像贪婪的鱼一样相互攻击。

该剧或因有煽动暴乱之嫌，从未上演。这几页手稿显露出，莎士比亚是一位文笔流畅的作家，是改编自己和他人作品的高手，还是合写人和编辑。换言之，莎士比亚早期那支编剧之笔，是受人雇用的。

伊丽莎白时代的剧场工作

剧场工作具有一种合作性质，这种合作并非只在演员学徒期间。为伊丽莎白时代的舞台写戏，像制作、表演、后续修改和出版一样，也是团队合作。莎士比亚是一位职业戏剧人：一个演员、一个剧作家，最后成为剧院的商业伙伴。他会为剧团某些特定演员写戏，比如喜剧演员威尔·坎普。他的剧作是戏剧史上特殊时刻的产物。

它还会变得
无限广阔。

伦敦生活

我们对莎士比亚无论在伦敦还是其他地方的生活，都知之甚少。约翰·奥布里说，莎士比亚“并不讨人喜欢，他毕竟不是住在肖迪奇[1]的剧场老板，能自甘堕落，若被请去写作，反而会痛苦”。在伊丽莎白时代律师学院的学生约翰·曼宁汉姆 1602 年的日记中，记着一段关于莎士比亚性生活的逸事。演完《理查三世》以后，理查·伯比奇（莎剧主演，1567—1619）与一位年轻女士幽会，地点选在那位女士的住处，暗号是“理查三世”。

我偷听到他们的安排，提早来到女士家，宣称自己就是“理查三世”。
伯比奇来了，说“理查三世”已到门口，莎士比亚传信下去，说征服者威廉比理查三世捷足先登。

莎士比亚用漂亮话引诱她，伯比奇人还没来，他已经“入戏了”。

[1] 指莎士比亚早期戏剧经常上演的位于伦敦城东北郊的肖迪奇区。——译注。

莎士比亚的表现力

本·琼森（1572/3— 1637）非常喜欢和莎士比亚结伴……

我喜欢他，同其他人一样，为结识他感到荣幸（在这方面我有点儿盲目崇拜）。他很（确实）诚实，为人开朗、性格外向、富于幻想、意志坚定、谈吐儒雅，但他太任性，有时需要约束一下……他的才智只受自己支配；也只有他自己能够驾驭。很多时候他会陷到一些事情里，难免令人一笑。

“牛津版”《莎士比亚全集》（1988）的编辑们，批评莎士比亚文风过于冗长。他们对莎剧的不同印刷版本做了比较。篇幅较短的剧作是经过修改的本子，更接近演出版本，把莎士比亚写的某些段落删除了。

莎士比亚的英国历史

莎士比亚的写作日渐成功，英国历史使他着迷。他很醉心于写出一部英国神话。在他一生的写作中，他反反复复阅读拉斐尔·霍林斯赫德所著的《英格兰、苏格兰和爱尔兰编年史》(1577)[1]。

[1] 莎学界一般认为，莎士比亚反复从中取材的是霍林斯赫德 1587 年所出的第二版《编年史》。——译注

比起为剧场写戏的同代人，我写了更多的英国历史和不列颠的形成。

他对英国的种族划分（威尔士、苏格兰、爱尔兰）和种族差异（夏洛克、奥赛罗、卡列班）以及底层民众很感兴趣——无论大城市[2]（《亨利四世》中的盖德山）还是乡村（《冬天的故事》）。

[2] 原文如此。但此处似为作者笔误，因“盖德山”在《亨利四世》中是福斯塔夫拦路抢劫过往商人的一处丘陵小山，并非“大城市”。——译注

亨利六世

三部《亨利六世》一定写于 1592 年之前的某段时间。《亨利六世》源于莎士比亚一部两联剧：《约克和兰开斯特两王室之争（第一部）》（1594）和《约克的理查公爵的真实悲剧》（1595）。这两部戏是我们现称之为《亨利六世》的中篇和下篇，加上后来增补的上篇，构成完整的《亨利六世》。

名为《亨利六世》的这部戏在菲利普·亨斯洛的玫瑰剧场大获成功。

后来，瘟疫再度流行，剧院纷纷关闭。

受雇的诗人

现在，莎士比亚暂时把志向转到诗歌和赞助上，并写下两首情爱主题的诗歌：《维纳斯与阿多尼斯》（1593）和《鲁克丽丝受辱记》（1594）。这两首诗是莎士比亚唯一用心出版的诗作，他热情洋溢地把这两首诗题献给南安普敦伯爵三世亨利·赖奥思利。

我对阁下的奉献没有止境；这本毫无头绪的小册子，只是这种奉献的一小部分。是您高贵的性情，而非这浅陋诗行的价值，使拙作得蒙嘉许。我已做的一切属于您；我该做的一切属于您；凡我所有，一切属于您；我若更有才能，对您更有价值；目前，谨此将这一切献给阁下；祝愿阁下长寿安康，幸福无疆。

（《鲁克丽丝受辱记》书首献词）

“莎士比亚”的拼法

具有讽刺意味的是，莎士比亚名字的拼法变成今天这样，是由于印刷商犯错。莎士比亚签名时，总写 Shakspere 或者 Shakspeare。由于 k 和 ʃ（长 s）连在一起不好印刷，因此，莎士比亚致南安普敦伯爵的献词，签的是 William Shakespeare。这个拼法从 18 世纪末开始，成为惯例。

但伊丽莎白时代的拼写十分随意。我的名字有 83 种拼法，它们是……
SHAKESPUR, SHAKESPERT, SHAKESBY, SHAKISPERE, SHAKYSPER, SHACKSPEER, SCHAKESPEYR, SCHACOSPER, SHAXBERD, SHAXVER, SHAXBEE, SHEXSPER, SAXPER, SHAGSPERE, SHASPER, SASHPIERRE, SADSPERE, SHAFFTESPERE, CHACSPER ...

一只自命不凡的乌鸦

莎士比亚（不管名字怎么拼写）在引起人们注意的同时，也收获了恶名。他没念过大学，这在16世纪90年代，对一位有抱负的职业作家来说，显得不同寻常。后来，莎士比亚没受过教育这一点被神话化了，人们把他说成一位天生的、无拘无束的天才。但当时，同时代有些作家认为他是个骗子。**罗伯特·格林**（1558—1592）在其《小智慧》（于1592年格林死后出版）一书中，直截了当地歪曲他……

……我们的羽毛美化了一只自命不凡的乌鸦，他以“一个戏子的心包起一颗老虎的心”，自以为能像你们中的佼佼者一样，浮夸出一行无韵诗；一个在剧场里什么活儿都干的杂役，居然狂妄地把自己当成国内唯一“摇撼舞台的人”。

亨利六世

格林暗指莎士比亚是一个恶毒的剽窃者和乡巴佬（“老虎的心”那段话出自《亨利六世》下篇第一幕第四场第138行）。

基特 · 马洛

在大学或“才子派”剧作家中，有一位对伦敦剧场产生过巨大影响的人物：**克里斯托弗 · 马洛**。马洛是一位诗人、剧作家和辩论家。

他公然宣扬无神论……
所有新教徒都是伪善的蠢货……
他嗜好抽烟和鸡奸……
所有不爱烟草和少男的人都是傻瓜。
尽管与莎士比亚年龄相当，基特 · 马洛已是他那个时代的头牌剧作家。

莎士比亚深受马洛影响（他甚至在《皆大欢喜》中引用过马洛的诗作《希罗和利安德》），这种渴望渗透进莎士比亚的多部作品，它们与马洛的剧作对话：模仿、戏仿、改写，并最终超越马洛——这种情形一直延续到莎士比亚的写作生涯结束。

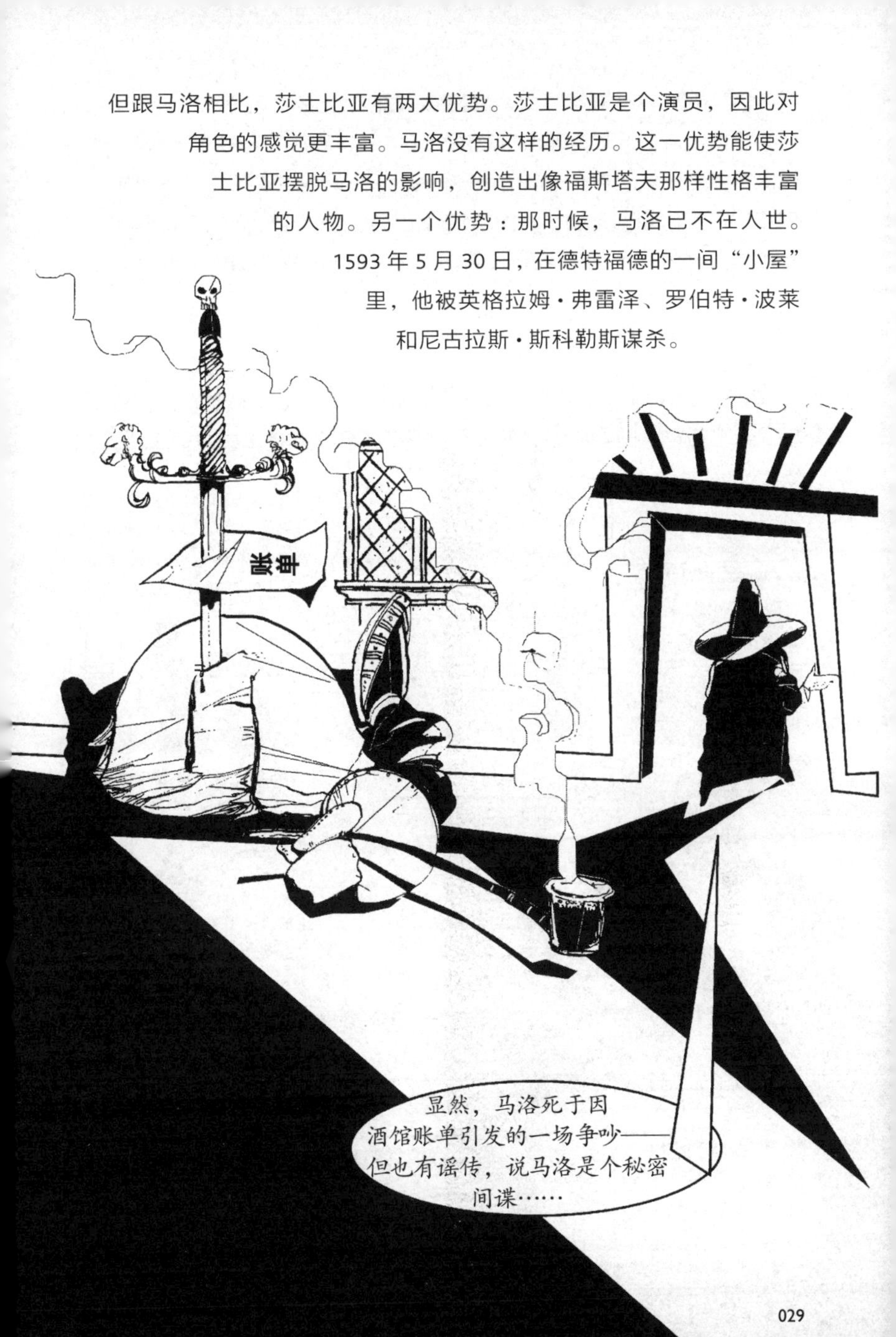
但跟马洛相比，莎士比亚有两大优势。莎士比亚是个演员，因此对角色的感觉更丰富。马洛没有这样的经历。这一优势能使莎士比亚摆脱马洛的影响，创造出像福斯塔夫那样性格丰富的人物。另一个优势：那时候，马洛已不在人世。1593 年 5 月 30 日，在德特福德的一间“小屋”里，他被英格拉姆·弗雷泽、罗伯特·波莱和尼古拉斯·斯科勒斯谋杀。
账单
显然，马洛死于因酒馆账单引发的一场争吵——但也有谣传，说马洛是个秘密间谍……

《鲁克丽丝受辱记》1594 年出版后，莎士比亚试图让南安普敦伯爵资助出版自己诗作的想法看似不成熟。瘟疫日渐平息，但剧场已凋敝。老一代的格林和皮尔正在快速陨落；马洛令人震惊地去世之后，没有谁能占据剧场。莎士比亚回到剧场，重新开始他辉煌的戏剧生涯。在 16 世纪，戏剧可作为剧场的常备剧目上演，对观众有持续吸引力的剧目，会重复上演一周左右。

莎士比亚的《泰特斯·安德洛尼克斯》轰动一时……
1594 年在玫瑰剧场，这出戏曾在六天内上演三场，这真是壮举，因为一部戏的平均寿命，也就是几个月内上演十几场。

语言甜美

莎士比亚平均每年写两部戏。1598年，弗朗西斯·米尔斯在《智慧的宝库》中写下这样一段话："奥维德风雅、睿智的灵魂，活在语言甜美流畅的莎士比亚身上，他的《维纳斯与阿多尼斯》，他的《鲁克丽丝受辱记》，他那些私交密友间传阅的漂亮的十四行诗，等等，便是见证。"米尔斯接着说……

普劳图斯
塞内加

正如普劳图斯和塞内加是公认的拉丁文作家中最好的喜剧家和悲剧家，在英国作家中，莎士比亚悲喜两种剧都写得最好。他的喜剧，如《维罗纳二绅士》《错误的喜剧》《爱的徒劳》《爱得其所》《仲夏夜之梦》和《威尼斯商人》。他的悲剧，如《理查二世》《理查三世》《亨利四世》《约翰王》《泰特斯·安德洛尼克斯》，以及《罗密欧与朱丽叶》。

莎士比亚获得成功

米尔斯报告了一个良好开端。的确，首次出现福斯塔夫的《亨利四世》(上篇)，是当时最受欢迎的戏之一。该剧 1598 年首版，是莎士比亚有生之年重印次数最多的一部戏。但再读一下米尔斯所列书单，并注意《爱得其所》。

Simpleton
它可能是《驯悍记》，或者《无事生非》，或者《终成眷属》——或是一部失传剧目的纸质版本。

出版的剧作

尽管作为驻院剧作家的莎士比亚取得了极大成功，但他所属的内务大臣剧团 1597 年却陷入可怕的财务困境，不得不在 1598 年卖掉《爱的徒劳》和《理查二世》的剧本，1599 年又卖掉《亨利四世》（上篇）和《理查三世》。在收录有 36 部莎剧的大“对开本”于莎翁故去后的 1623 年出版之前，莎剧约有一半是以独立“四开本”的形式印刷的（四开是指书的尺寸）。

剧团除了卖这些书，什么也不做……
他们甚至没把最明显的错误校对出来。

这在某种程度上或许是剧团有意为之。对一个剧团来说，失去对演出的垄断是一绝望之举，尽管，出售剧本确实造就了一批阅读剧本的读者。

《哈姆雷特》“坏四开本”比较

莎剧共有六或七部“四开本”(《亨利六世》中篇、下篇，《罗密欧与朱丽叶》《亨利五世》《温莎的快乐夫人们》[1]《哈姆雷特》，可能还有《爱的徒劳》)。这些最初以“坏四开本”形式出现：其文本根据演员的回忆而来，有些甚至源自演出时的速记。莎士比亚学者 E. K. 钱伯斯记下了抄袭出版《哈姆雷特》“坏四开本”(1603)的那个“记者”……

[1] 以前均按朱生豪译法，为《温莎的风流娘儿们》，但译名显然失准。——译注

他常遗漏，造成意思缺损，语法也出错。他记的台词有头有尾，却少了中间部分。他会改写。他会把不同台词合在一起。他把回忆的碎片拼成一块马赛克。他抓住了有力的词语，却没有语境。他使用会产生歧义的短语。他还把少量场景对话的顺序给变了……

他记录的对话，比如：

To be, or not to be, I there's the point,
To Die, to sleepe, is that all? I all:
No, to sleepe, to dreame, I mary there it goes,
For in that dreame of death, when wee awake,
And borne before an euerlasting ludge,
From whence no passenger euer retur'ned,
The vndiscouered country, at whose sight
The happy smile, and the accursed damn'd.
But for this, the ioyfull hope of this,
Who'ld beare the scorns and flattery of the world,
Scorned by the right rich, the rich curssed of the poore?

与现在普遍接受的文本极为不同……

To be, or not to be: that is the question:
Whether 'tis nobler in the mind to suffer
The slings and arrows of outrageous fortune,
Or to take arms against a sea of troubles,
And by opposing end them? To die: to sleep;
No more; and, by a sleep to say we end
The heart-ache and the thousand natural shocks
That flesh is heir to, 'tis a consummation
Devoutly to be wish'd. To die, to sleep;
To sleep: perchance to dream: ay, there's the rub;
For in that sleep of death what dreams may come
When we have shuffled off this mortal coil,
Must give us pause. [...]
But that the dread of something after death,
The undiscover'd country from whose bourn
No traveller returns, puzzles the will,
And makes us rather bear those ills we have,
Than fly to others that we know not of [...]

《哈姆雷特》的修订

然而,“坏四开本”有其用处,因为它展示出当时的舞台表演——比如,剧本被削减和修改的程度。《哈姆雷特》自不例外。演王子的演员加了12行至16行自编的台词,将“戏中戏”《贡扎古之死》变成《捕鼠器》。

你管这出戏叫什么?
“捕鼠器”……这出戏讲的是发生在维也纳的一桩谋杀案。

莎剧其他八个“四开本”是“好四开本”,这意味着它们都经过莎士比亚和演员们的授权:《泰特斯·安德洛尼克斯》、《理查二世》、《理查三世》、《亨利四世》(上下篇)、《无事生非》、《仲夏夜之梦》和《威尼斯商人》。

内务大臣剧团此时已离开玫瑰剧场，建起环球剧场。1599 年《尤利乌斯·恺撒》在此首演。莎士比亚接着写了《哈姆雷特》和《特洛伊罗斯与克瑞西达》(此剧当时未上演，并在其后近三个世纪一直没演)。不过，凭借《哈姆雷特》，莎士比亚进入了一个新的王国。加布里埃尔·哈维在 1601 年左右如是说……

年轻人更喜欢莎士比亚的《维纳斯与阿多尼斯》，但《鲁克丽丝受辱记》和《丹麦王子哈姆雷特的悲剧》，对智者更有吸引力。

一个“私人的”哈姆雷特？

《哈姆雷特》能量巨大，它的丰盈、富饶、茂盛，更不必说它的心理强度，诱使批评家们把这当成一部个人化的戏剧。莎士比亚的独生子叫“哈姆尼特”（Hamnet），“Hamnet”与“Hamlet”（哈姆雷特），是同一个名字的不同拼法。哈姆尼特死于 1596 年，年仅 11 岁。

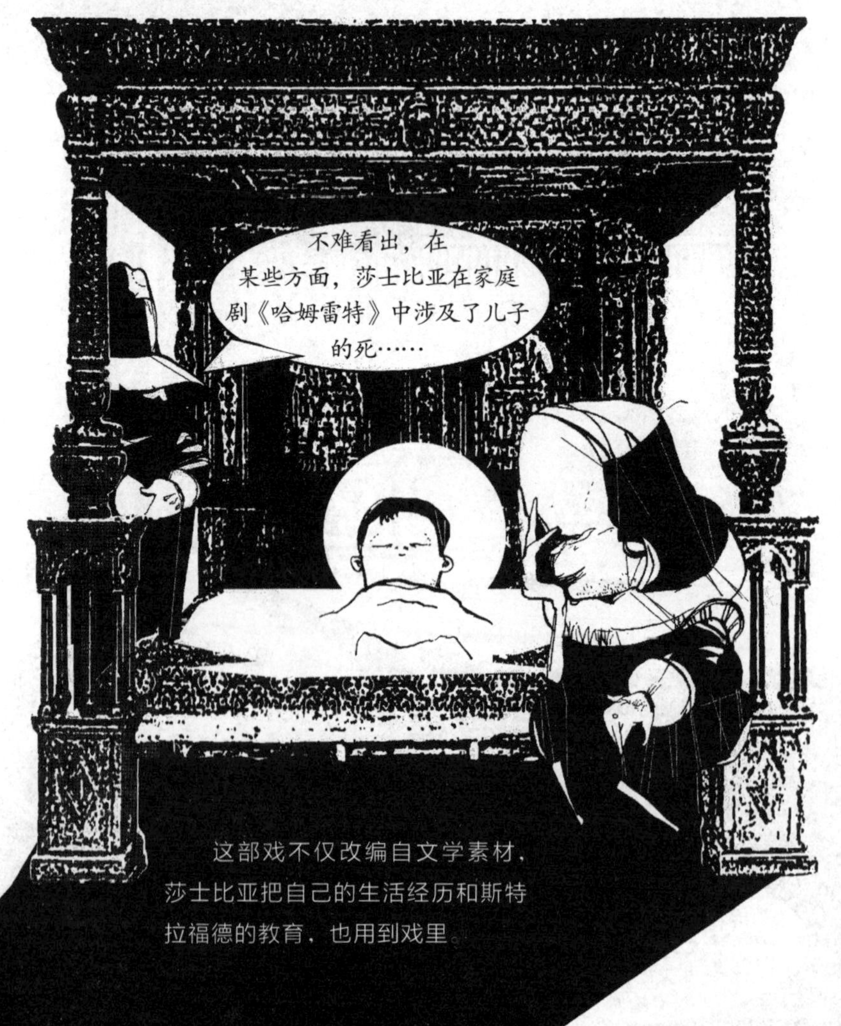
不难看出，在某些方面，莎士比亚在家庭剧《哈姆雷特》中涉及了儿子的死……
这部戏不仅改编自文学素材，莎士比亚把自己的生活经历和斯特拉福德的教育，也用到戏里。

1597 年，莎士比亚重新在斯特拉福德投资，购买了“新地”——斯特拉福德镇第二大的房子。

……带两个花园、两个谷仓、十个壁炉的一座豪宅。

直到去世，莎士比亚一直住在“新地”。他最近还获得了家族的盾徽（盾徽授予他的父亲，这令他心满意足）。家族的事在他脑子里是头等大事。

原型或《乌尔–哈姆雷特》

另一方面，当时有个说法，认为莎剧《哈姆雷特》是对较早一部戏《乌尔 - 哈姆雷特》的改写。《乌尔 - 哈姆雷特》最早于 1594 年上演，或许可追溯到 16 世纪 80 年代。批评家哈罗德·布鲁姆颇具说服力地指出，《乌尔 - 哈姆雷特》写于 1588 年，实际上是莎士比亚失传的第一部戏，写出之后不久，被托马斯·基德改写成《西班牙的悲剧》。

莎士比亚几乎在不间断地重写《哈姆雷特》……
我当然还写别的。
欢快的《皆大欢喜》便是一例，它可能写于 1599 年。这部戏能防止把看忧郁的《哈姆雷特》的观众，变成抑郁症患者。

埃塞克斯谋反

莎士比亚还短暂卷入过当时的政治异见。他的两部英国历史剧，涉及理查二世和理查三世两位国王的废黜。《理查二世》戏里反映的那个时代的问题，引起人们同伊丽莎白一世做比较。

两位国王都没有直接继承人，伊丽莎白的对头要把她废黜，这与理查二世的对头们所做的十分相似。

1601年2月7日，政变前的那个下午，埃塞克斯伯爵领着一群人赞助内务大臣剧团演了一场《理查二世》。

命运的转变

埃塞克斯的谋反失败了。莎剧演员们受到传讯，不过逃过了起诉。

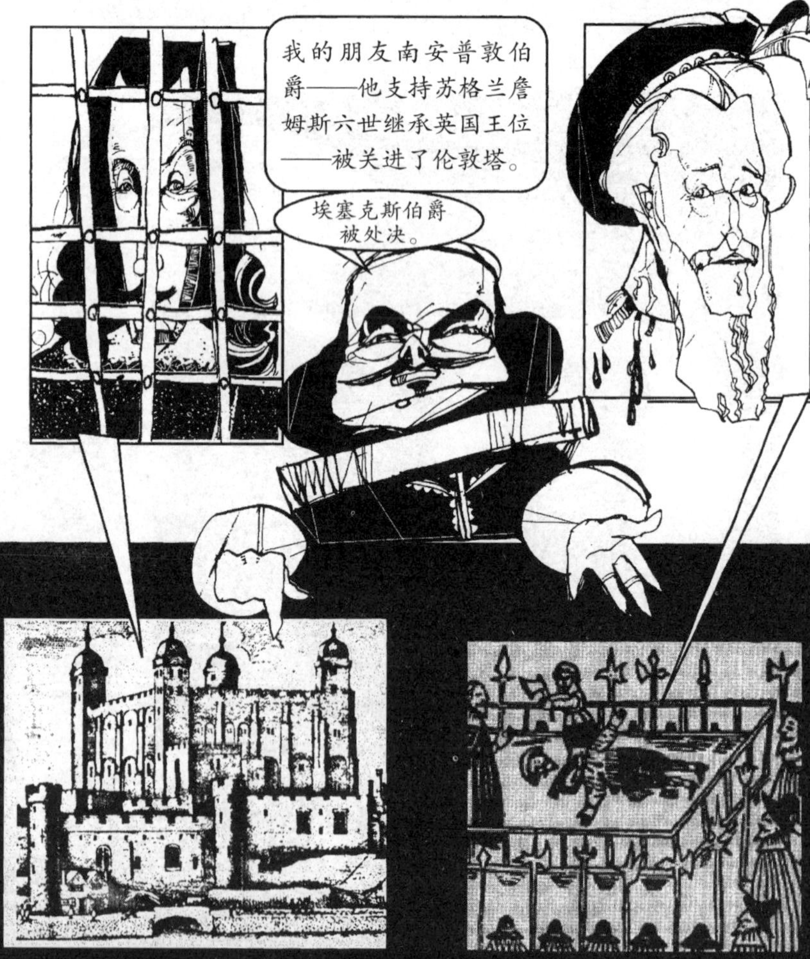

我的朋友南安普敦伯爵——他支持苏格兰詹姆斯六世继承英国王位——被关进了伦敦塔。
埃塞克斯伯爵被处决。

诚然，在詹姆斯六世[1]最终登上王位之际，莎士比亚所属剧团得到了小小的承认：他们更名为国王剧团，事实上被公认为当时最优秀的剧团。

[1] 原文如此。但此处表述应为詹姆斯一世。1603 年，英格兰伊丽莎白一世女王去世，苏格兰詹姆斯六世继任国王，成为英国国王詹姆斯一世。——译注

自此，莎士比亚的创作量减半，由原来的一年两部戏减到一年一部。他住在伦敦圣海伦街，可能与音乐家托马斯·莫雷合租一处公寓，周围住的都是从法国和苏格兰低地来的移民。

也许就在这儿，他遇见了佛兰德艺术家马丁·德鲁肖特。德鲁肖特在编辑“第一对开本”莎士比亚戏剧集时，提供了莎士比亚雕版肖像。
1604年，我的房东太太让我当了一回媒人，鼓励她女儿的追求者向她求婚。

后来，两家关系变糟，莎士比亚不得不写下法律证词描述这些事件（1612）。1608年，莎士比亚成为黑僧剧场的股东。黑僧剧场是一处带屋顶的表演空间，直到1615年，莎士比亚还维护着这笔财产权益。

告老还乡

有一个神话说，《暴风雨》是莎士比亚向舞台的告别，甚至说它是一部他整个人生的寓言。诗人**罗伯特·格雷夫斯**（1895—1985）宣称："传统上总把普洛斯彼罗等同于莎士比亚本人。"这不可避免。作为一个艺术家兼魔术师，在很多方面，可把普洛斯彼罗视为一个诗人。但事实上，在《暴风雨》之后，莎士比亚与黑僧剧场的继承人约翰·弗莱彻（1579—1625）合写了另外三部戏：《两个贵族亲戚》、《卡迪尼奥》（遗失）、《亨利八世》（或名《都是真的》）。

1613年，在《亨利八世》一次带有火药特效的演出中，环球剧场着火，被烧毁。

剧院随即重建，各种舞台剧继续上演，直到 1642 年英国内战伊始剧场关闭。两年后，为建廉价房，剧场被拆除……

退休后的莎士比亚回到斯特拉福德。显然，他放弃了写作。最后这段日子的唯一文本是他的遗嘱，因其中对妻子安妮的遗赠很奇怪，引发许多推测。他在两行遗嘱之间加了这样一句："我把家具中第二好的床给妻子。"这是整份遗嘱中唯一提到她的地方。这是一种故意冷落，并设法否认她对他的财产有任何控制权吗？

作为遗孀，我拿走财产的三分之一不是应该应分的吗……
……并和女儿苏珊娜及女婿约翰·霍尔一起住在"新地"。

为使莎士比亚家族的男性继承人可借着女儿苏珊娜的儿子而代有传人，遗嘱还包括一些详尽说明，尽管到头来苏珊娜压根儿没生儿子。

遗嘱还为女儿朱迪斯做了修改，当时她刚刚嫁给一个名叫托马斯·奎尼的游手好闲之人。

遗嘱认证不到一个月，1616年4月23日，莎士比亚去世，享年52岁。显然，他患了热病，或染上了伤寒。按斯特拉福德一位医生的说法，莎士比亚生病时……

……莎士比亚、德莱顿，还有本·琼森把酒言欢，他喝过量了。
奇怪的是，虽然莎士比亚并非在圣乔治日出生，但他在这一天去世。

莎士比亚被葬在斯特拉福德圣三一教堂（按 78 年后一位参观者所说）：“他安眠于十七英尺深的地下。”据说，墓志铭是他自己写的……

好朋友，
看在耶稣的份上
请不要掘我坟墓
移骨者将受诅咒
护佑者永得祝福

现在的石板是原石的复制品，18 世纪中期时更换的。

或许，英国剧作家在 1560 到 1642 年之间写的戏，只有六分之一幸存下来。
莎剧能幸存下来，不仅因为他极受欢迎，也因为他很幸运。

正是这份幸运，从那时直到现在，锻炼着某些文化评论者们。

莎士比亚生平的早期神话

莎士比亚生平细节的缺乏，很快由神话得到加强。人们相信，约翰·莎士比亚是位屠夫，由此引出威尔学习如何屠宰的传言："他屠宰小牛时，会先宣讲一番再动手。"这个环保的莎士比亚被一个传说演绎成罗宾汉式的人物，说他因偷猎了乡绅托马斯·路希爵士的一头鹿被起诉（还很可能遭到鞭打）。

我把一首编派"讨厌的路希"的下流歌谣钉在高处，作为回应，迫使这个地主离开县城一段时间。
在整个18世纪，这首歌谣出现多个不同版本，直到后来有人质疑，路希爵士是否真的有过鹿园。

在法国大革命动荡的历史背景下，即便这一对贵族微不足道的攻击，也被宣布是假的。但这段传闻或许有点儿真实性。

企业家莎士比亚

1660 年查理二世“王政复辟”以后，剧场重新开张，一位名叫**威廉·达文南特**（1606—1668）的剧作家领导“公爵侍从”剧团。莎士比亚是威廉·达文南特的教父。

我声称他是我的生父……
莎士比亚在伦敦的戏剧生涯，是从给剧场赞助人牵马开始的。

达文南特的故事在 18 世纪得到认可，并引出一个传奇，说莎士比亚这项工作如此成功，他把一群小伙子组织起来，成立了“莎士比亚的小伙子们”剧团——倒是一段与时代相符的企业家的寓言。

一个贵族化的莎士比亚

同样，亚历山大·蒲柏（1688—1744）在《仿贺拉斯第二本书的第一封书信》（1737）中，以莎士比亚作为一个文学企业家和剧院经理人的形象，证明诗歌的功名和幸运。

莎士比亚，（随你所愿，你和剧院的每张账单
在把他圣化，或与圣化相当）
为利润，不为荣耀，振翅飞翔，
在他自己的卑贱下成就不朽。

18 世纪的商业社会被作为一名产权人和绅士的莎士比亚所吸引……
……与某些为了城市生活而抛弃乡下新家的人，截然相反。

结果，他的崇拜者们渴望得到任何可以找到的与这位作家的实体连接——随便一件商品。

吟游诗人的遗物

莎士比亚离开斯特拉福德之前，可能曾和来自附近彼得福德的几个人斗酒，随后在一棵山楂树（“莎士比亚的华盖”）下酣睡。这棵树被开发纪念品的猎头弄成碎片。这位吟游诗人留在斯特拉福德的遗物，有铅笔盒、手杖、两副手套、鞋拔、胸针、戒指、桌子、勺、盐瓶、半品脱杯子、墨水台、时钟、打圆盘游戏用的台板、椅子和条凳。

他的椅子逐渐消失，因为要把它切成片做成纪念品，直到18世纪末，被一位波兰公主买下。

斯特拉福德的旅游业明显从中受益。1769 年，演员大卫·加里克（1717—1779）第一次在这里组织莎士比亚庆典。后来，1860 年，斯特拉福德通了铁路，1864 年，大约三万游客参加了在这里举行的三百周年纪念庆典。此后不久，庆典变成一年一度的活动。

莎士比亚的手稿和书

莎士比亚没留下手稿。据 1729 年一份未必可信的报告……

据已故威廉·毕晓普爵士的专门了解，装满这位“伟人”散页和手稿的两个大箱子，在沃里克一个无知的面包师手中（他娶了莎士比亚的一位后裔），像木料和垃圾一样随意散落，到处乱扔，直到全部在大火和那个镇子的毁灭中耗尽。

还有些书被认为是他写的：培根《随笔集》的签名副本、弗洛里奥的《蒙田》、一本祈祷书，以及本·琼森出品的一张剑桥地图。当然，这些传说的最终结果是，原稿都是伪造的。威廉·亨利·爱尔兰（1775—1835）是最臭名昭著的伪造者之一，他展示出法律文件、书信、情诗（里边还夹着一缕莎士比亚的头发）、一份《李尔王》手稿及两部新剧：《沃尔蒂格恩》和《亨利二世》。

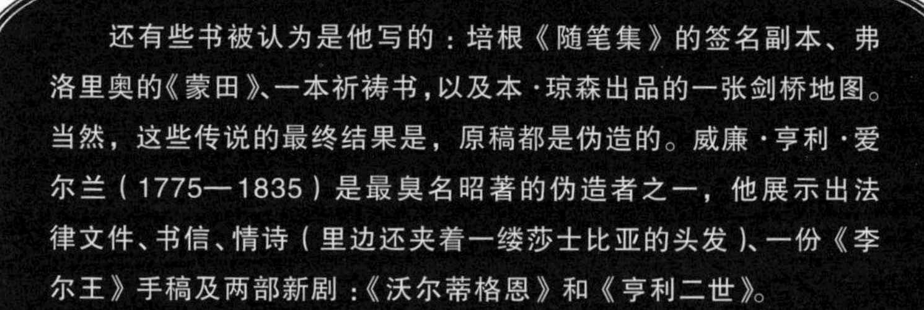
《沃尔蒂格恩》于1796年上演……
但演出还没结束，剧场里已一片哗然……

约翰·佩恩·柯里尔的伪造更为巧妙。柯里尔（1789—1883）捏造附加史料，并最终伪造出一个“第二对开本”的释文副本，据说该本属于托马斯·珀金斯，他与莎士比亚是剧团同事，曾校正过文本。

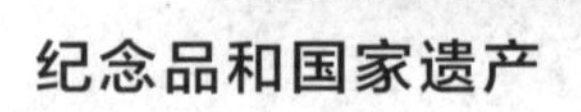

纪念品和国家遗产

最著名的遗物是“新地”花园里的那棵桑树，据称为莎士比亚亲手栽种。但弗朗西斯·加斯特里尔牧师砍倒了这棵树，之后不久，又拆除了整座房子——这令莎迷们十分沮丧。

尽管这座房子曾重建过一次。

当地一位木匠买下了这棵桑树。

我把余生都花在把这棵树当木料，雕刻纪念品和小装饰品上。

不过，莎士比亚的出生地依然矗立。1847 年，小说家查尔斯·狄更斯和演员威廉·麦克雷迪发起一场运动，阻止美国马戏团老板 P.T. 巴纳姆（1810—1891）购买这块地方。

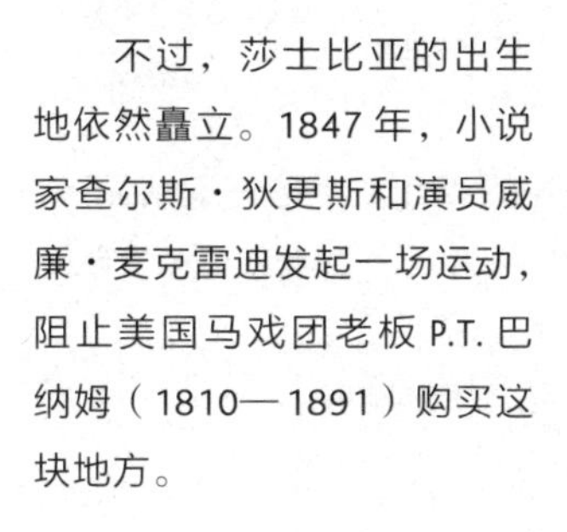
P.T.BARNUM
CIRCUS
我们发起一场公开认购，使其归为国有。

19 世纪末，莎士比亚的书桌仍在学校里向造访者展出。甚至还有一个关于狗的传说，说那条“麻风病人似的斑点狗”，很可能是莎士比亚那只达尔马提亚犬传下来的种。

天赋才华

莎士比亚被认为是与生俱来、无师自通的天才，尽管有证据显示，他每写一部剧都要阅读大量书籍，排演时也会煞费苦心地重写和修改戏文——拿莎剧“四开本”和“对开本”进行比对,可明显看出修改。本·琼森把莎士比亚描绘成一位读书不多却具有天赋才华的作家。

尽管很明显，他也知道莎士比亚对诗行戏文辛苦地进行修改、润色。
但我们当时的文学，企盼的是对熟悉的材料进行鲜活的转换，而非简单的原创。

琼森在颂词中恰好赞美了莎士比亚的这一努力……

虽说大自然，就是诗人们的材料，/还得靠他的艺术来塑造。/谁想要铸造你笔下那样鲜活的一句诗行，/必须流汗，必须再烧红、再捶打，/紧贴缪斯的铁砧：连自己带诗行，/翻来掉去，按设计的心思来锻造。/否则，桂冠没戴上，嘲笑落满身。……

我们可以认同，莎士比亚确实对熟悉的材料进行了“鲜活的转换”……
因为一个优秀诗人是先天造就的。就像你这样。

莎士比亚的素材来源

的确，尽管莎士比亚很擅长处理情节，对虚构剧情却特别不在行，无论早期的《温莎的快乐夫人们》（少许基于奥维德的创作），还是晚期的《暴风雨》，甚或两部最个人的剧作——《爱的徒劳》和《仲夏夜之梦》——都不是原创。他一般会从他那个年代人们熟悉的素材里汲取故事——霍林斯赫德的《编年史》、诺斯翻译的普鲁塔克的《希腊罗马名人传》、查普曼的荷马译本、霍兰德的“普林尼”、弗洛里奥的“蒙田”和戈尔丁的“奥维德”。

有时，他会稍作改动。克里奥佩特拉的游艇在诺斯的普鲁塔克笔下是这样的……
Ta ſage inſtruction ſert de
A Trajan, eſleué par
Si les grands te porto
Vertu viuroit au lieu
金色的船尾，紫色的船帆，银色的船桨，船桨在阵阵长笛、双簧管、齐特拉琴和六弦提琴的乐音伴奏下，有节奏地划动……

我会这样处理……

她坐的游艇，仿若一个锃亮的王座，在水面闪光。
船尾被打上金光，紫色的船帆如此芳香，
连风儿都为它害上相思病；
银色的桨，伴着笛声的节奏划动；
船桨快速拍打水面，
流水也对船桨萌情……

值得一提的是，T.S. 艾略特（1888—1965）在其《荒原》（1922）（第二章第 77—78 行）中，将《安东尼与克里奥佩特拉》（第二幕第二场第 191—197 行）中的这一传统保留下来。

她坐的椅子，像一个锃亮的王座，在大理石上闪光……

“透过自然的暗光”

天才莎士比亚是个神话，这个神话在他生前已很流行。弗朗西斯·博蒙特（1584—1616）在《燃杵骑士》中写道……

在所有学习中，保留这些诗行
这些莎士比亚最美的诗句，我们的后代将
从牧师对听者们的布道中得知
一个凡人透过自然的暗光
有时可以走多么远。

莎士比亚死后不久，约翰·弥尔顿(1608—1674)在《快乐的人》中写道：聆听……
……最甜美的莎士比亚，想象的产物，
婉转唱出荒野中天然的鸟鸣。

后来，塞缪尔·泰勒·柯勒律治也持相同看法……

莎士比亚，不只是自然之子；他不是自动生成的天才，不是精神附体灵感的被动表达；他并未真正拥有灵感；先耐心学习，深入冥思，细致理解，直到知识变为习惯和直觉，与惯性的情感结为连理，最后形成惊人的力量，并凭此无与伦比，且无人与之比肩；凭那力量，两座辉煌诗山的峰巅，他位居其一，弥尔顿和他地位相等，并非竞争对手。

不过，他以一种浪漫的方式接着强调……
他是那个自然的宠儿，却不是他自己努力的造物。

英国特有的自由

莎士比亚可能是第一个在西方高雅文化中，因明显缺乏技巧而被赞赏的作家。这标志着一种与古典传统的深刻决裂，在古典传统中，对早期作家的模仿是衡量伟大与否的标准。新古典主义者们拒绝莎士比亚，因为……

他违反了亚里士多德的“三一律”：情节、地点和时间要在一部戏里保持一致。
他把喜剧和悲剧、傻瓜和国王混在一起，而且，写得很下流。
他用了太多双关语，写的是无韵诗而非韵体诗，且极少用合唱队反映剧情。

但这些特征作为从古典规范中的一种逃离，进入一种新的、**专属于英国**的表现形式，还是受到欢迎。

莎士比亚帮助英国摆脱了古典专制，展示出英国宪法所具有的本能的自由。

哥特式与非凡的天才

他是哥特式的，是非凡的。约瑟夫·艾迪生（1672—1719）在《旁观者》（419期）中写道……
"天才"一词开始有力地指代莎士比亚和英国……
……富饶、肥沃、自由——但赖默先生不以为然！
莎士比亚的出色在英国人中无可比拟。他所具有的高贵的"奢华的想象力"，如此"完美"，使他完全有资格去触碰他的"读者的想象力"中虚弱的迷信部分；这使他有能力获得成功，在这里，除了自身的天才力量他别无所靠。
在马的嘶鸣，或马士提夫犬[1]的吠叫中，蕴含着一种意义。请允许我说，这鲜活的表达，比莎士比亚的悲剧段落中，多出好多倍的人性。

托马斯·赖默（1614—1713）

英国第一位职业批评家，他因莎士比亚的语言丰富、充裕而攻击他。

[1] 马士提夫犬，一种英国斗牛犬。——译注

莎士比亚的辉煌

路易斯·西奥博尔德（1688—1744），他那篇为莎士比亚全集写的序言，令人目眩。……

要写莎士比亚，好比经过一个狭窄、昏暗通道的入口，进入一个巨大、广阔、辉煌的穹顶。

炫目的光突然刺进你的眼睛，与你刚开始见的样子全然不同……

……一千个天赋异禀的美人，像如此多的花哨公寓同时映入眼帘，然后扩散，又丢到大脑之外。

前景太广阔了，单一视角根本看不清……

托马斯·德·昆西（1785—1859）在其笔调怪异的《论〈麦克白〉中的敲门声》一文中，欣喜若狂地总结说……

哦，伟大的诗人！你的作品与众不同，简直就是伟大的艺术品，但也好像是自然天成……

……像太阳和大海，星星和花朵，像霜和雪，雨和露，冰雹和雷鸣，只有我们自己的能力完全屈从于您，才能领会这些。……我们在对您的发现之路上走得越远，越能注意到更多证据，在粗心的眼睛看来只是件意外的事，那里恰恰有您的设计和独具匠心的安排！

Macrocosmus

莎士比亚名声大振

在王政复辟时期，本·琼森实际上比莎士比亚更受推崇，也被更多人所引用。但琼森被视为一位曲高和寡的剧作家。

约翰·德莱顿承认，莎士比亚是一个完美的天才，他把《安东尼与克里奥佩特拉》改写成《一切为了爱》(1678)。
特别是对莎士比亚剧作的改编，使他赢得大众青睐。
随着18世纪中产阶级的崛起，莎士比亚被《闲谈者》期刊相中……
……这本期刊不断引用莎士比亚。

威廉·史密斯翻译了朗吉努斯的《论崇高》(1739)，这部有影响力的译本常拿莎剧做例子。**爱德华·扬格**在其《试论独创性作品》中认为，琼森……

……不过是个模仿者，正如莎士比亚是一名原创者。
17世纪的文学品味在于模仿。到了18世纪中期，艺术原创更有价值。
随着大英帝国的崛起，莎士比亚开始走运。

18 世纪的版本

在 18 世纪，编辑莎剧是文化产品建设中的重要一课。汤森出版公司享有一种对莎剧编辑的实际垄断。汤森使编辑们彼此对立，他专挑那些已有文学声誉，并与其前任相对立的人来编莎剧。

尼古拉斯·罗伊（1674—1718）是“一位绅士，能因懒惰成天赖在床上，也能因欢愉彻夜不眠”。1709 年，他第一次由“第四对开本”着手编辑莎剧。

我是我这个时代最好的悲剧作家，还是一名莎剧模仿者，1714 年写下模仿莎剧的《简·肖尔》。

罗伊的编本配有插图，还有强调具体人名，而非仅以“国王”“小丑”或“流氓”通称的人物表。他通过把不同台词和角色归于一个身份，创造了一些次要人物。罗伊还写下第一部有关莎翁的传记。

1725 年，著名诗人亚历山大·蒲柏步罗伊成功之后尘，他的编本为方便阅读群体，把重点放在莎士比亚诗歌中最精彩的段落。

我认为莎剧演员们弄糟了文本，因此我得重写一遍。
继蒲柏之后，1734 年，路易斯·西奥博尔德在他第一篇莎剧文本专论中，对蒲柏编本进行了猛烈抨击。
出版商汤森
我在讽刺史诗《愚人记》（1728）里，给他戴上了“愚人之王”的冠冕。

随后的汤森版本

西奥博尔德是他那一代研究 16 世纪的学者中的佼佼者。在他编本之后，是 1747 年威廉 · 沃伯顿（1698— 1779）的编本。沃伯顿是蒲柏的遗稿保管人。

我的编本销量不错，像蒲柏的一个新版本，其实它就是莎士比亚戏剧。
威廉·霍金斯，牛津大学诗学教授，于 1751—1756 年讲授莎士比亚，是英国大学讲授莎士比亚的第一人（授课讲义于 1758 年出版）。
塞缪尔·约翰逊（1709—1784），词典编纂家、全才职业作家、文学俱乐部会员，出版了他自己的“汤森编本”。
它是汇编我之前所有编本的一个本子。

约翰逊的莎剧“集注本”取得巨大成功，并启发了后来的乔治·史蒂文斯（1736—1800）和埃德蒙·马龙（1741—1812）的编本。

莎士比亚的伪作

18 世纪，莎士比亚意味着什么？威廉·温斯坦利在其《英国顶尖诗人传》(1687)中，列出不下 48 部莎剧目录，包括《托马斯·克伦威尔勋爵》、《洛克林》、《伦敦浪子》、《约翰·奥尔德卡斯尔爵士》、《清教徒》，或《惠特灵街的寡妇》《约克郡悲剧》《默林的诞生》。(除最后一部，其余均被收进 1663 年“第三对开本”。)

还有更多伪作
被划到莎士比亚名下，
包括……

……《曼彻斯特磨坊主的女儿》、《埃德蒙顿的快活魔鬼》、《法弗沙姆的阿登》、《在爱德华三世治下》、《洛克林》、《第二个少女的悲剧》。还有明显“失传”的剧作 :《爱得其所》，可能失传的《亨利一世》、《亨利二世》《斯蒂芬王》、《汉弗莱公爵》、《伊菲斯与艾安莎》，以及最具说服力的《卡丹纽》。

《卡丹纽》或《将错就错》

塞万提斯

只有《卡丹纽》有点儿实质内容。路易斯·西奥博尔德声称他编的《将错就错》，是莎士比亚的一部新戏，1727 年 12 月上演，1728 年出版。它可能是《卡丹纽》的一个版本，根据塞万提斯《堂吉诃德》（1605—1615）1612 年英译本中的一段情节创作，写作时经过大幅修改。它本来是为王政复辟时期的舞台准备的，却始终未上演。为迎合 18 世纪的舞台，西奥博尔德重新改编，但手稿后来遗失了。正如批评家乔纳森·贝特所说："读它，人们听见莎士比亚微弱的哭叫，弗莱彻的原著被困在改写那一层的下面……"

你说的最不合时宜；唱的，
最不协调又刺耳；不，我在这儿闻到的，
你的香味，像野生紫罗兰的呼吸，
也不能愉悦我的感官。

《将错就错》（第一幕第一场第 54—57 行）

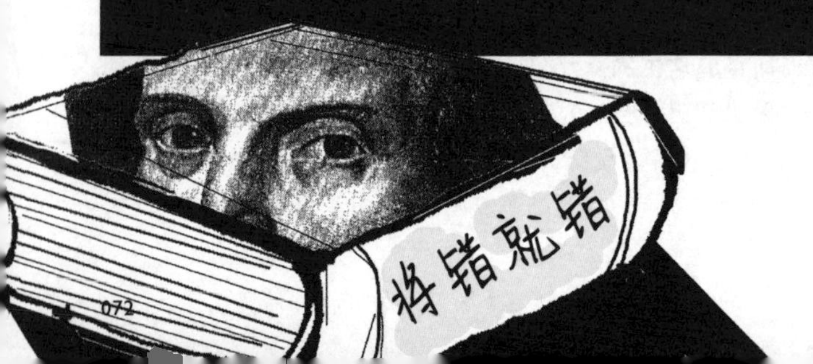
将错就错

路易斯·西奥博尔德对剧中的非莎士比亚特质过于敏感。他在序言中对批评有所预见，评论到，有人可能会说……

……西奥的剧也许和莎剧有相似之处，但其色彩、用词及人物，都更接近弗莱彻的风格和笔调。
我们完全弄不明白，莎士比亚在18世纪早期，与约翰·弗莱彻有过合作。

20 世纪的**计量文体学**，依据次要词类的出现频率、缩略形式、使用模式以及生僻字的出现——例如，对 thee 和 thou，ye 和 you，I’m 等词的使用，对剧作家进行分析——也许能解开《将错就错》的秘密。

18 世纪的杂集

塞缪尔·约翰逊早在编他的“汤森版”头十年，就已完成《词典》（1755—1756）的编纂。事实上，这部词典是他关于莎士比亚研究的第一个大项目，因为他主要以这位游吟诗人为例。

值得注意的是，莎士比亚生造出的词及其所用的新词，现已成为一块正确使用英语语言的试金石。
牛津英语大词典

詹姆斯·穆雷（1837—1915）重复运用约翰逊的策略。穆雷是 19 世纪《新英语词典》（我们今天所知的《牛津英语大词典》）的编者。该词典引用莎士比亚比其他作家都多。

约翰逊把自己摆在莎学研究者小圈子的中心位置；这些莎学者们的团队合作具有学术水准，他们强调莎剧中巨大的诗学资源。比如，他们对给这位无师自通的天才建立“知识凭据”兴趣颇浓。理查·法梅尔（1735—1797），这位剑桥伊曼纽尔学院懒惰的研究员，因此受到启发，写了一本《论莎士比亚的学习》（1767）。

我喜欢陈年波特酒、旧衣服和旧书，谁也甭想说动我，让我早上起床，晚上睡觉，或去结账。
约翰逊，另一位自称为“这个王国里最懒惰的人”，曾赖在床上口述过一本书。提及法梅尔的这本论著，他说……
你做了前人未做之事；那就是，你彻底终结了一场论争，以后再没谁质疑。

法梅尔认定，“莎士比亚并不想踩着语言的高跷，立于众人之上”。

荒谬的事实和学术怀疑

同时，18 世纪的编辑工作并非没有恶作剧。乔治·史蒂文斯正是“注释者中的帕克”[1]，他顽皮地把对莎剧中淫秽词语的说明，归因于两位固守道德观念的牧师，并为文本添加了荒谬的脚注。比如，他为《第十二夜》第一幕第三场第 42 行，这样注释“教区陀螺”[2]……

这是旧风俗之一，现已丢在一边。以前每个村子都有一个（旋转的）大陀螺，天一转冷，村民们便可以在农闲时，通过抽陀螺取暖，还可以瞎胡闹。

[1] 帕克：莎剧《仲夏夜之梦》中喜欢恶作剧的小精灵。——译注

[2] 旧时英格兰，每个教区都有一个大陀螺供教区居民健身之用。——译注

这条注释至今仍幸存于 1974 年首版的“河畔版”莎翁全集，……！

传记事实和虚构

莎士比亚第一位真正的传记作者，是他的第一个像样的编辑，尼古拉斯·罗伊。1708 年，罗伊为莎士比亚写传，1709 年，为《莎士比亚全集》作序。这部传记成为 18 世纪莎士比亚的标准生平。埃德蒙·马龙后来声称，罗伊笔下的传记事实不超过 11 处……

其中八处有错，一处可疑，剩下的只有莎士比亚的受洗和葬礼是真的。
跟我有过一次合作的乔治·史蒂文斯也深表怀疑，如他所说……

关于莎士比亚生平，只能确定到这个程度——他生于斯特拉福德，在那儿娶妻生子；之后去伦敦，在那儿开始当演员，写诗，写戏；再回到斯特拉福德，立遗嘱，去世，被埋葬。我必须承认，我准备同每一个关乎他生平特定事件的毫无根据的推测作战。

奇闻逸事的发明

史蒂文斯强调官方文件和教区关于出生、死亡及婚姻的记录——这是人们希望从一个启蒙时代尊重法律的学者那里得到的。但威廉·奥尔迪斯（1696—1761）早就提议，莎士比亚的生日是圣乔治日，而且还有其他的传统。按威廉·格思里 1747 年所说……

莎士比亚写《哈姆雷特》中的幽灵场景时，把自己在威斯敏斯特教堂关了一整夜。
他还说，我在多佛白崖写的《李尔王》。
查尔斯·吉尔顿持不同看法：幽灵的场景是莎士比亚在斯特拉福德的家里写的，存放遗骸的房子离他家不远！

如此鲜活的故事难以被忽视。特别在詹姆斯·博斯韦尔的《琼森传》（1791）出版之后，传记和回忆录越来越受欢迎，而当时，对传记的批评已成为批评正统。关于莎士比亚，问题不在于人们知道的多么少，而在于有多少是推断或凭空编造的。

作为自传的十四行诗

所以，在 18 世纪，莎士比亚十四行诗开始被当成一部描绘真人真事的自传来读。诗中的“青年”通常被认为和“黑美人”有一段具有毁灭性的婚外情。

在有些版本中，这两人都被认作莎士比亚的情人。
在我 1609 年第一次出版莎士比亚十四行诗时，它们被忽略了。

在 1640 年一部经过重大修改的莎士比亚十四行诗问世之前，人们对他的十四行诗没多少兴趣。约翰·本森在编他的十四行诗时，通过把男人称呼转成女人称谓，将其中明显的同性恋痕迹删除（他还对诗歌排序彻底重组）。这些十四行诗在 18 世纪被重印。到 1780 年，埃德蒙·马龙把这些诗完全复原，存于正典之中。

莎士比亚的“忏悔录”？

威廉·华兹华斯（1770—1850）后来在他自己的十四行诗里，这样谈论莎士比亚十四行诗……

> 莫要嘲笑十四行诗……
> 莎士比亚以这钥匙
> 打开了他自己的心

他是这样吗？
如果是，他就不是莎士比亚！

又过了 40 年，**罗伯特·勃朗宁**（1812—1889）讥诮华兹华斯，而且，他是对的。十四行诗是文艺复兴时期炫耀诗意和戏剧性诙谐的典范。由于对莎士比亚本人知之甚少，把这些诗当自传来读具有不可抗拒的诱惑力。

奥古斯特·威廉·冯·施莱格尔（1767—1845）是莎士比亚的德文译者。1808 年，他在维也纳的一次讲演中，概述了一份紧急宣言。

它更多透露出莎评家们普遍缺乏批判性的睿智，据我们所知，他们中从没有谁想利用诗人的十四行诗，去追踪他的生活环境。这些十四行诗最明确不过地描绘了诗人的实际情况及其情感；使我们透过十四行诗熟悉这个人的感情；它们甚至包含了他对年轻时所犯错误做出的非凡忏悔。
他们真这样干了，拿莎士比亚十四行诗当自传来读，最怪异的一例是认为莎士比亚走路一瘸一拐……
第 37 首十四行诗："所以我，被歹毒的命运之神弄成了瘸子。"第 89 首："说我一瘸一拐，我马上停住脚步。"

W.H. 先生

当然，这种传记式解读的关注点，在于从诗里的暗示中识别主人公，并找出那位神秘的被题献者 W.H. 先生。

W.H. 先生
献给唯一促成并刊行
十四行诗的
Mr.W.H.
愿他幸福无疆，并祝永生
正如我们永生的诗人
从心底
由衷祝福
贸然付梓的
出版者
T.T.

莎士比亚的赞助人，南安普敦伯爵三世、亨利·赖奥思利，堪称最佳人选（他姓名中的大写字母是 H.W. 而不是 W.H.）。这种观点的依据是：莎士比亚在 16 世纪 90 年代早期，开始为南安普敦伯爵创作十四行诗，当时，1592—1594 年间，剧场因瘟疫而关闭。同一时期，他还将两首长诗题献给南安普敦伯爵。尤其关于南安普敦伯爵的传记式暗示和他名字的双关语或相吻合。后来，莎士比亚又为彭布罗克伯爵三世威廉·赫伯特重复利用了这首十四行诗，并创造出一个复合的“年轻人”形象。

理由显得很充分。但话说回来，它假定那个特殊人物被写进去了……

奥斯卡·王尔德的解决办法

亨利·赖奥思利（Henry Wriothesley）、威廉·赫伯特（William Herbert），还有一位 W. 霍尔先生（“…W. H. All…”）。**奥斯卡·王尔德**（1854—1900）写过《W.H. 先生的肖像》一文（1889），他在文中写到的收信人，是一个名叫威利·休斯（Willie Hughes）的娘气十足的男孩，他是莎士比亚所属剧团的一个演员，志向远大，又引人注目，喜欢穿一身女装。然而，恰如王尔德自己坦率指出的……

这个理论的一个缺陷是，它是以这个人的存在作为先决条件，而这个人物的存在正是争论的主题。

不过，王尔德的情人阿尔弗莱德·道格拉斯勋爵后来对这篇文章着迷，而且，他令人诧异地发现了一个可能与莎士比亚有某种联系的、真实的威廉·休斯（William Hewes）。但威廉·休斯这一提法并非道格拉斯首创。早在 1766 年便有人提出，并在埃德蒙·马龙 1780 年的莎剧编本中得到支持，

黑女郎

正因为莎士比亚在第 130 首十四行诗中并未把黑女郎理想化，反而使她最让人兴奋。这首诗由流行歌星斯汀 [1] 谱成曲。

我情人的双眼一点不像太阳，
那红珊瑚比她的双唇更红润；
雪若算白净，她的胸便暗淡，
发若是金丝，她则黑丝满头，[2]
我见过红白两色相间的玫瑰，
她双颊上见不着这样的玫瑰。
世间有些芬芳令人心迷神醉，
而我情人的呼吸未散发馨香。
我喜欢听她述说，但我知晓
音乐比她的嗓音更悦耳动听。
我承认我从未见过女神走路，
我的情人走路时却用力跺脚。
可我敢凭天起誓，我的情人
跟任何女人比，都更加稀罕。

[1] 斯汀（Sting），原名戈登·萨姆纳（Gordon Summer），1951 年生于英格兰，1982 年开始独唱生涯，是警察乐队的主演和贝斯手。——译注

[2] 意思是：假如头发应是金黄色的，她则是满头黑发。——译注

“色欲在行动”……

黑女郎长期被认为是彭布罗克伯爵的情人玛丽·菲顿。近来，有人认为她也许是艾米莉亚·拉尼尔（原名艾米莉亚·巴萨诺），伊丽莎白一世女王的宫廷侍女——她常被当成英国人，但也被当成意大利人，或者克勒肯维尔的一个黑皮肤名妓……

……有人甚至暗示，她真的是一瓶酒。
第129首十四行诗中有证据显示，莎士比亚和黑女郎有过猖獗的性关系吗？
精力耗在耻辱中的代价，就是色欲在行动……

人们渴望阅读莎士比亚，并切实把自己及自己的理论投入诗行，正是十四行诗的力量所在……诗的运行非常流畅，因莎士比亚总保持一定的修辞距离，才变得难以琢磨。其实很大程度就是老一套。

“Mr. W. H.”
很像“Mr. W.S.”或“Mr. W.SH.”的误拼。
“开创者”通常意味着作者，而非一首诗的灵感。
TO.THE.ONLIE.
THESE.INSVING.
Mr.W.H. ALL.HA
HAT.ETE
OMISE
BY
OVR.
THE.W
ADVE
SE
Sh

浪漫派诗人们

莎士比亚的生平和诗篇，两者既能吸纳一切解释，又能不受其影响，这种能力让浪漫主义者极为兴奋，因为它似乎提供了一个本质上的诗性人格，这样的人格足以成为一切，也可以什么都不是。当然，不管怎样，这在剧场里尤为突出——戏剧和模仿是贯穿莎士比亚戏剧恒定不变的主题："整个世界是一座舞台"，"一个在舞台上指手画脚"的"可怜戏子"。这为浪漫主义者创造了一个挑逗性的深渊。

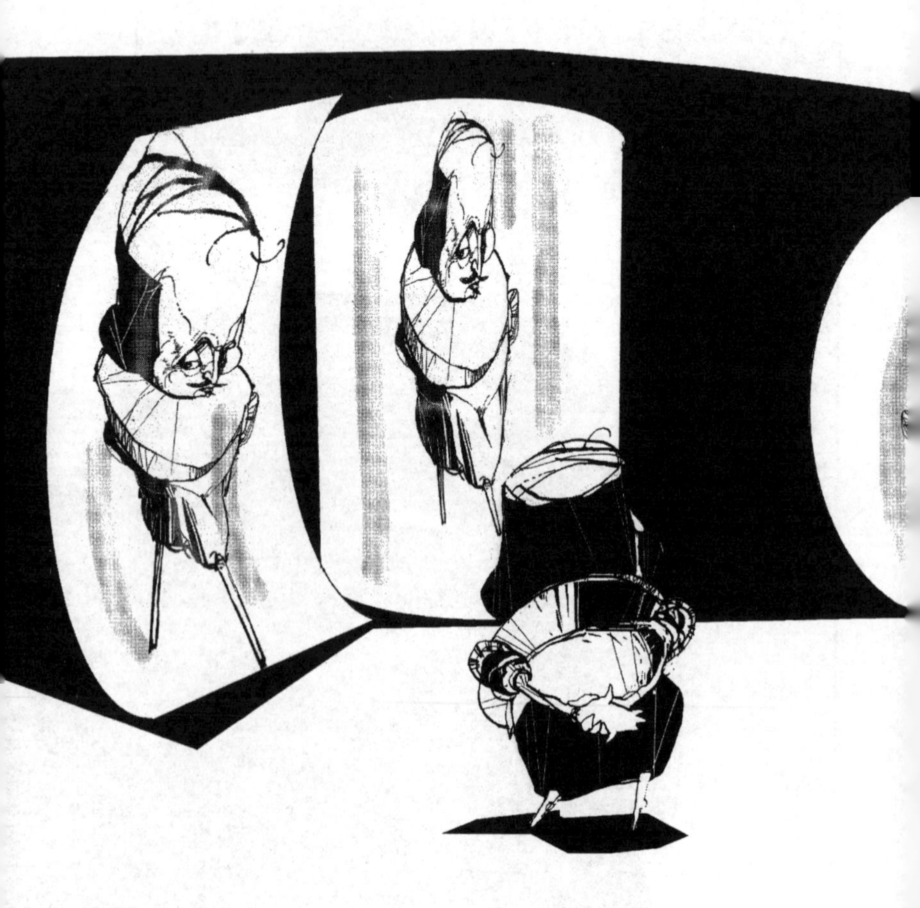

莎士比亚的诗歌无个性可言；也就是说，它反映不出莎士比亚这个人……
他就像随便哪个人，但他像所有人。他是一个微不足道的利己主义者，八成是。他本人一事无成；但他却成了其他所有人，或他们能成为的样子。
S.T. 柯勒律治
（1772—1834）
威廉·哈兹里特
（1778—1830）
约翰·济慈
（1795—1821）
……令我震撼的，是什么特质塑造了一个在文学上卓有成就的人。莎士比亚非常具有这种特质——我指的是一种消极能力，即一个人处于不确定、神秘、怀疑之中，而丝毫不急于追寻事实和原因。

莎士比亚既是一切，又什么也不是：他是每个人，因此又谁都不是。正是这种不确定性把莎士比亚变得如此强大。他并没把自己强加在他笔下的人物身上——他们不得不亲自制定动机，并仔细考虑理由。这使他们变得活灵活现。这同样也是浪漫派诗人们的心理。

浪漫的哈姆雷特们

但其实这并不是浪漫主义者识别出的那个谜一样的莎士比亚。他们还活在他的人物里，把他们通过文本，而不是通过舞台表演内在化。柯勒律治声称……

《哈姆雷特》这部戏，或哈姆雷特自身，无论从直觉还是阐释，都使我第一次转向哲学批判……

柯勒律治演讲哈姆雷特的性格……

……他所说的话，全部冥想，全部决心，一旦付诸行动，就变得犹豫不决、优柔寡断；以至于决心要做的一切，其实什么也没做。……除了决心，一事无成。

假如可以这样说，我自己有点哈姆雷特的味道。
排练的时候，我也对哈姆雷特的性格着了迷。

约翰·沃尔夫冈·冯·歌德
（1749—1832）

雪莱和拜伦对哈姆雷特的讨论……

珀西·比希·雪莱（1792—1822）和拜伦勋爵（1788—1824），有一晚在林间漫步时也讨论到这个话题。

拜伦，你今晚有股说不出来的劲儿。
我一直在读《哈姆雷特》。
难怪你这么忧郁。
不，与其说忧郁，不如说我感到很困惑，混乱，而且，深陷其中，无法摆脱；一种虚弱无力、徒劳无益的梦魇感重压着我，弄不清这感觉是我自己的，还是莎士比亚的……

我也完全不承认，我有过宁静而宏伟的感觉，那天你说，人在伟大天才面前，总会这样。
我理解你！这感觉太常见了；当一个物体立在你面前，你莫名其妙地感觉“被它的无形包裹住，恐怖至极，像见了鬼”。
我不奇怪你引用自己的诗句。它是你写过的最好诗句之一。我觉得不引用自己的句子反倒过于做作。

拜伦接着说……

假如我只有一个观点——有谁想要更多？但现在，我好像什么也不是，什么也没有，一无所有。哈姆雷特是什么？他意味着什么？我们也像他一样，是某些不可思议的运动的造物，而真实的宇宙却是另一回事？在那里，所有最深刻的情感、最真切的同情受到侮辱，连理解也被嘲笑。不过，我们继续活着，如同我们接着读下去……

有谁能在读这部精彩的戏时不产生最深刻的情感呢？它不是一个巨大的谜团是什么？我们爱哈姆雷特，正如我们爱自身……

雪莱坚持读一段拜伦对这部戏的评论，拜伦开始打鼾。
这部戏也许是一首“无限的诗”，恰如波洛涅斯不知不觉承认的那样——悲剧、喜剧、历史剧、田园剧、田园喜剧、历史的田园剧、悲剧的历史剧、悲喜剧的历史田园剧，还是地点统一、不分场次的戏，或无限的诗——但哈姆雷特作为一个戏剧人物，还是更伟大。
Z Z Z

浪漫派的哈姆雷特 vs.
现代派的哈姆雷特

哈姆雷特，丹麦王子。

我们自己就
是哈姆雷特。

威廉·哈兹里特

莎士比亚整个作品是一首诗；从这个意义上讲，莎剧是诗，并非说那些孤立的台词、段落有诗意，或他所创造的单一人物有诗意，这至关重要。

另一方面，艾略特说《哈姆雷特》“肯定是艺术失败之作”。而他却在《普鲁弗洛克的情歌》（1915）一诗中，以对哈姆雷特情结的直接抛弃，预示了自己现代主义诗风的来临。

来自《普鲁弗洛克的情歌》

不！我不是哈姆雷特王子，注定不是；
只是个侍从的勋爵，适合干这差事，
为一次皇家巡行扬扬得意，弄一两出好戏，
给王子出谋划策；无疑，是件顺手的工具，
谦恭服帖，有点用处就美滋滋，
精明，谨慎，还得赔小心；
满嘴唱高调儿，却有点儿愚钝；
有时，真的，近乎可笑——
有时，又近乎“傻丑”。[1]

T.S. 艾略特

---

[1] 指莎剧中的丑角儿。中世纪的英格兰，国王和贵族家里常养着弄臣或小丑，开心逗乐，他们统称“傻丑”或“傻瓜”。——译注

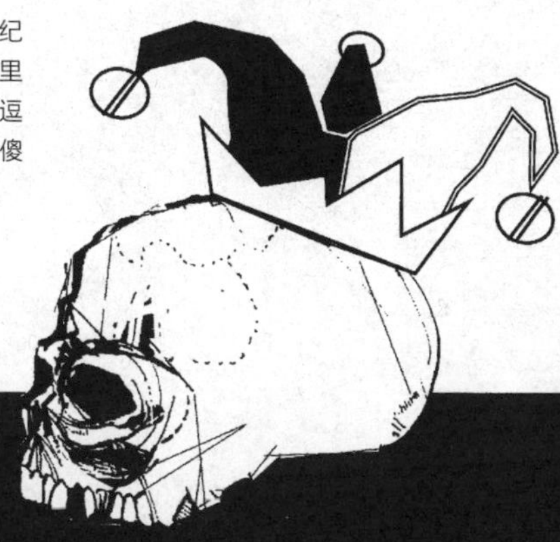

哈姆雷特是现代派使自己区别于浪漫派的立足点。

《哈姆雷特》是济慈引用最多的一部莎剧。1820 年 8 月，他在写给范尼·布劳恩的信中写道……

当哈姆莱特对奥菲利娅说“到修女院去吧，去，快去！”时，他的心里充满和我一样的痛苦。的确，我想放弃这一切——我想一死了之。我厌恶这个你报以微笑的残暴世界。我恨男人，更恨女人。

他在暗指《哈姆雷特》第二幕第二场第 303—310 诗行的这段话……

人类，是怎样一件作品！多么高贵的理性！多么无穷的能力！仪容举止是多么的文雅、端庄！在行为上，是那么的像一个天使！在智慧上，又是那么的像一尊天神！宇宙之精华！万物之灵长！可是，在我看来，这个尘埃里的精华算得了什么呢？人不能让我快乐，不能，女人也不能，你此时的微笑似乎在说，你也是这样想的。

济慈的信透露出，即便在他最绝望时，莎士比亚都会迅速进入他脑海，他多么能思考和感受莎士比亚！

1772 年，教堂中的讲坛已在引用莎士比亚。莎士比亚就是一种世俗宗教。
它还是一种政治立场。引用哈姆雷特可以被认为是对法国大革命的一种响应。

英国保守派政治家埃德蒙·柏克（1729—1797）著有《对法国大革命的反思》（1790）一书。《哈姆雷特》是他引用最多的莎剧。说得更直白些，只有对耶稣的分析超过哈姆雷特。

莎士比亚无处不在

乔治·哈丁曾在 1800 年说：“先生，如今所有的一切都跟莎士比亚有关：很难找与他无关的东西。”从舞台到大学，再到私人客厅，莎士比亚已无处不在，在简·奥斯汀的《曼斯菲尔德庄园》（1814）里，克劳福德在与埃德蒙德假充内行地讨论诗歌之前，先读了一段莎士比亚。

人们不知怎么就跟莎士比亚混熟了。这是英国宪法的一部分。
每个人都在引用他那些著名段落……我们都在谈莎士比亚。

显然，引用莎士比亚的诗行和段落，已经去掉了莎剧语境。

传记模式

但 19 世纪也给出了一个莎士比亚无所不在的模式。爱德华・道登在他产生巨大影响的《莎士比亚：对其思想和艺术的批判性研究》（1877）一书中，第一次提到他的生命形态，这些章节名为……

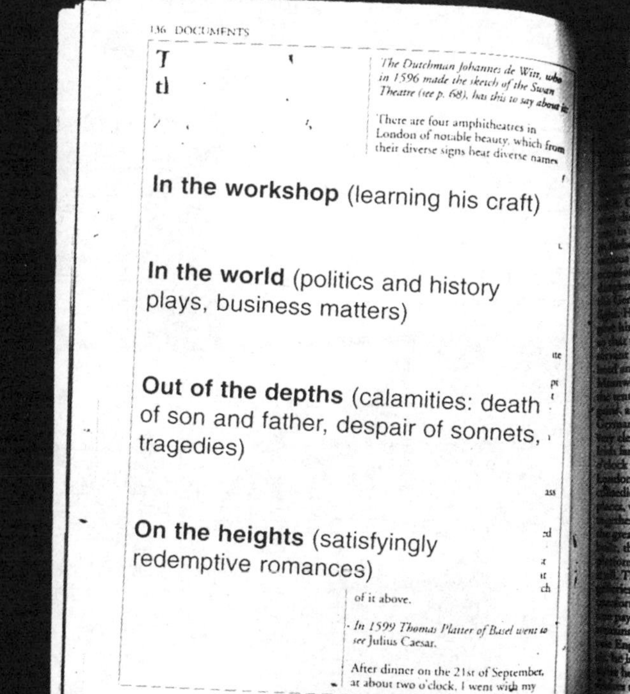

136 DOCUMENTS

The Dutchman Johannes de Witt, who in 1596 made the sketch of the Swan Theatre (see p. 68), has this to say about it:

There are four amphitheatres in London of notable beauty, which from their diverse signs bear diverse names

of it above.

In 1599 Thomas Platter of Basel went to see Julius Caesar.

After dinner on the 21st of September, at about two o'clock, I went with my

[illegible] over the water, and in the [illegible]-house saw the tragedy of [illegible] Emperor Julius with at least [illegible] characters very well acted. At [illegible] of the comedy they danced [illegible] to their custom with extreme [illegible]. Two in men's clothes and two [illegible] gave this peformance, in [illegible] combination with each [illegible]. On another occasion, I also saw [illegible] a comedy, not far from our [illegible] the suburb; if I remember right, [illegible] Bishopsgate. Here they represented [illegible] nations, with whom on each [illegible] an Englishman fought for his [illegible], and overcame them all except [illegible] German, who won the daughter in [illegible]. He then sat down with him, and [illegible] him and his servant strong drink, [illegible] they both got drunk, and the [illegible] threw his shoe at his master's [illegible] and they both fell asleep. [illegible] the Englishman went into [illegible], robbed the German of his [illegible], and thus he outwitted the German also. At the end they danced [illegible] elegantly both in English and in [illegible] fashion. And thus every day at two o'clock in the afternoon in the city of London two and sometimes three comedies are performed, at separate places, wherewith folk make merry [illegible], and whichever does best gets [illegible] greatest audience. The places are so [illegible], that they play on a raised [illegible] platform, and every one can well see [illegible]. There are, however, separate [illegible] and there one stands more [illegible] comfortably and moreover can sit, but [illegible] pays more for it. Thus anyone who [illegible] on the level standing pays only [illegible] English penny: but if he wants to [illegible] he is let in at a further door, and [illegible] he gives another penny. If he [illegible] to sit on a cushion in the most

comfortable p[illegible] only sees every[illegible] be seen, then [illegible] English penny [illegible] the pauses of [illegible] drink are carri[illegible] people, and o[illegible] himself at his [illegible]

The comedi[illegible] and elegantly [illegible] customary in [illegible] distinguished [illegible] for nearly the [illegible] be made over [illegible] servants, and [illegible] them to wear [illegible] imitate them, [illegible] comedians to [illegible]

What they [illegible] way of mirth [illegible] one knows we[illegible] see them actin[illegible]

With such [illegible] besides the En[illegible] the comedies [illegible] on in other la[illegible] without alarm[illegible] together in a f[illegible] the most part [illegible] use to travel, [illegible] learn of foreig[illegible] ever to take th[illegible]

On 29 June 16[illegible] burned down [illegible] Henry VIII. T[illegible] *John Stow [illegible] has this accoun[illegible]*

Upon S. Peter[illegible] or Theater, ca[illegible] Banck-side ne[illegible] discharging of[illegible] to the south-si[illegible] took fire, and [illegible]

In the workshop (learning his craft)
In the world (politics and history plays, business matters)
Out of the depths (calamities: death of son and father, despair of sonnets, tragedies)
On the heights (satisfyingly redemptive romances)

生活与戏剧合二为一

这种传记有一很明显的模式，即以他安详过世结束。它把莎士比亚生平和他的戏剧混在一起，把他从剧场、从文学体裁和文学传统中移除，甚至拒绝像《泰特斯·安德洛尼克斯》和《驯悍记》这样的经典剧作。

这无疑引导人们把莎士比亚同他的剧中主人公形象对号入座……
无论李尔王（和女儿关系紧张的父亲）……
泰门（因为我显然被什么人骗了）……
还是普洛斯彼罗（宣布我退休）。

这一范式在丹麦批评家勃兰兑斯另一部有影响的著作《威廉·莎士比亚：批评性研究》（三卷本，1895—1896）中得到发展。

我就是从这儿发现，《哈姆雷特》是莎士比亚在他父亲去世之后写的。
我在《尤利西斯》（1922）中汲取勃兰兑斯的观点，把它当作对莎翁无可争辩的描述。
弗兰克·哈里斯的《莎士比亚其人及人生悲剧》（1909）把这种制造模式推向顶峰。
弗洛伊德
乔伊斯
威廉·莎士比亚：批评性研究

哈里斯的传记写了一系列不负责任的家庭悲剧：莎士比亚逃离爱吃醋的妻子后，爱上一个女王的侍女（十四行诗中的“黑女郎”及所有剧作中的爱情描写），并通过剧中人物表达自己的强烈激情。他在斯特拉福德过早退休，还在最后几部浪漫剧里把自己的女儿理想化。哈里斯对哈姆雷特很好奇（也暗中怀疑莎士比亚）：“就没人认为他是一个爱尔兰人吗？”

学术项目

在学术层面，一个庞大的传记项目也在启动中。新莎士比亚协会（the New Shakespeare Society）于 1874 年成立，这个项目旨在通过仔细研读莎翁戏剧中所使用的格律和语言，以确定这些剧作的写作顺序。

利用修正后的写作顺序可以研究莎士比亚的心路历程及其意义。
这不过把传记换了个名字。

这种兴趣直到 20 世纪才终止：这反映出现代主义者对莎士比亚“特性描述”的怀疑。

拒绝正典

“新莎士比亚协会”还做了一件打破常规的事，它在第一卷《会报》中认为，莎士比亚的《泰特斯·安德洛尼克斯》、《驯悍记》、《雅典的泰门》、《泰尔亲王配力克里斯》、《亨利八世》和《两个贵族亲戚》，都没有写完。

尽管《泰尔亲王配力克里斯》在它所属的时代非常流行，但罗伊拒绝收录，它并未出现在“第一对开本”中，直到1663年才加进去。

蒲柏对《爱的徒劳》《冬天的故事》《泰特斯·安德洛尼克斯》存疑。

西奥博尔德对《亨利六世》（上中下）心生疑惑。

今天，大家都认为，不仅《雅典的泰门》和《配力克里斯》，甚至《麦克白》的某些场景，并非出自莎士比亚之手。《雅典的泰门》和《麦克白》显示出**托马斯·米德尔顿**（1580—1627）的手笔，《配力克里斯》可能由乔治·威尔金斯所写。《雅典的泰门》也像未完稿，或许（同《特洛伊罗斯与克瑞西达》一样），可能在莎士比亚生前从未上演——但它一直收在莎剧集中。想必由于版权原因，它在“第一对开本”中替代了《特洛伊罗斯与克瑞西达》。

戏剧传统

王政复辟之后，莎剧长演不衰，从未中断。18 世纪，一位名叫大卫·加里克的演员兼剧院经理成为莎剧的主要推动者。他以明快、自然的表演风格，确定了理查三世（可能是 18、19 世纪英国最受欢迎的莎剧）、哈姆雷特和麦克白等舞台人物形象。

演出手册使我的画像成为经典……
……在像我这样的艺术家的画作里（亨利·福塞利）。

加里克之具有吸引力，源于他发现了展现莎剧无穷特质的表达方式。他饰演的角色对于舞台显得过于巨大。

威廉·哈兹里特
我们不想看到我们这位作家的剧作上演，尤其是《哈姆雷特》……哈姆雷特自身似乎很难演出来。
莎士比亚要逃离演出。德国批评家约翰·戈特弗里德·赫尔德（1744—1803）宣称……
他的剧作无法现场表演，而且，莎剧将成为一个巨像的碎片，成为一座埃及金字塔，人人都吃惊地望着它，却无人能懂。

但这些都是经过完全重写的角色。例如，**科利·西伯** (1671—1757) 改编过《理查三世》，其中有些改动甚至被劳伦斯·奥利弗在其电影版《理查三世》中再次改编。

《麦克白》的诅咒

还有一个较晦暗的戏剧传统：《麦克白》的诅咒。这与传言相关，传言说女巫的符咒确实有魔力。在早先的演出中，真有演员在舞台上被杀死，或面临布景坍塌的危险，或演员和舞台管理人员莫名其妙地一命呜呼。

演出通常陷入混乱，再也无法恢复。
甚至在剧场提这部戏的名字都不吉利。
13

演员们自画十字，或引用《威尼斯商人》第三幕第四场第 41 行台词：“愿美妙思绪和快乐时光与您相伴。”还有更精心的做法，转三圈儿，啐口唾沫，在更衣室门上敲三下，恳请进入。

国家剧院

莎士比亚的戏剧传统和成立国家剧院的提议密不可分，从 20 世纪初便有人提议，把成立一座国家剧院和一所莎士比亚纪念馆这两个活动合并。1919 年，斯特拉福德筹资成立了莎士比亚纪念剧院，这是第一个常年轮演莎剧的剧院。

老维克
1961 年，该纪念剧院成为皇家莎士比亚剧团。目前，这是世界上最负盛名的剧团。

建于 19 世纪的老维克剧场，1963 年更名为国家剧院，也得到国家剧院纪念委员会的资助。

现代主义取向

莎剧演出的流行，和像萧伯纳（1856—1950）这样的剧作家们出任剧院委员会这一事实，强调了莎剧的现代主义特性。

我们忽视人物塑造和剧情，重视莎士比亚的诗歌及莎剧主题中深刻的象征寓意。
例如，批评家 L.C. 奈茨坚持……
对莎士比亚唯一管用的方法，就是把他的戏剧当作戏剧诗……我们应像读其他诗歌一样去读。

这个方法鼓励了对莎剧的文本细读，同时也放弃了对语境的过分重视。
这个千变万化的莎士比亚具有持久的吸引力，因为伴随着每一次演出，都可以创造一部新的莎剧。

彼得·霍尔爵士

莎士比亚的不确定性与皇家莎士比亚剧团的做法完全一致——是的，他们往往不许在世的剧作家参与自己剧作的排练。

多媒体莎士比亚

随着学者们的再评价，经改编的莎剧经典数量急剧增多。重塑再造使莎剧在其他媒体获得新生。《罗密欧与朱丽叶》激发了作曲家柏辽兹、柴科夫斯基、普罗科菲耶夫，以及后来伦纳德·伯恩斯坦的音乐剧《西区故事》的创作灵感。《麦克白》《奥赛罗》和《温莎的快乐夫人们》为威尔第的歌剧提供了情节。弗朗兹·舒伯特根据《维洛纳二绅士》编出歌曲《谁是西尔维亚》。

《仲夏夜之梦》激发出绘画、音乐、芭蕾舞、歌剧和电影的灵感。这也发生在莎剧人物身上。17 世纪，《亨利四世》常被称为《福斯塔夫》。

当然，我有自己的威尔第歌剧，我已经成为一位类型学人物。

正如加里·泰勒所说："显而易见，在这种文化环境下，对莎剧艺术至上的争论已经停止。"同时，它也激发人们对 16 世纪的莎剧表演进行富有意义的研究。

玫瑰剧场的发掘

莎士比亚有两部早期写的戏在菲利普·亨斯娄的玫瑰剧场演出，几乎可以确定，他本人也在那个舞台上饰演过角色。在玫瑰巷和公园路拐角处的南华克桥附近施工期间，发现了玫瑰剧场的地基。1989 年 2 月，发掘出一个多边形建筑（不规则 14 边，有柱廊，满座可容纳 1600 人），有 16.5 英尺进深的小舞台，舞台距观众非常近，最远的观众离舞台只有 50 英尺。《亨利六世》有些场景，演员把整个舞台都站满了。

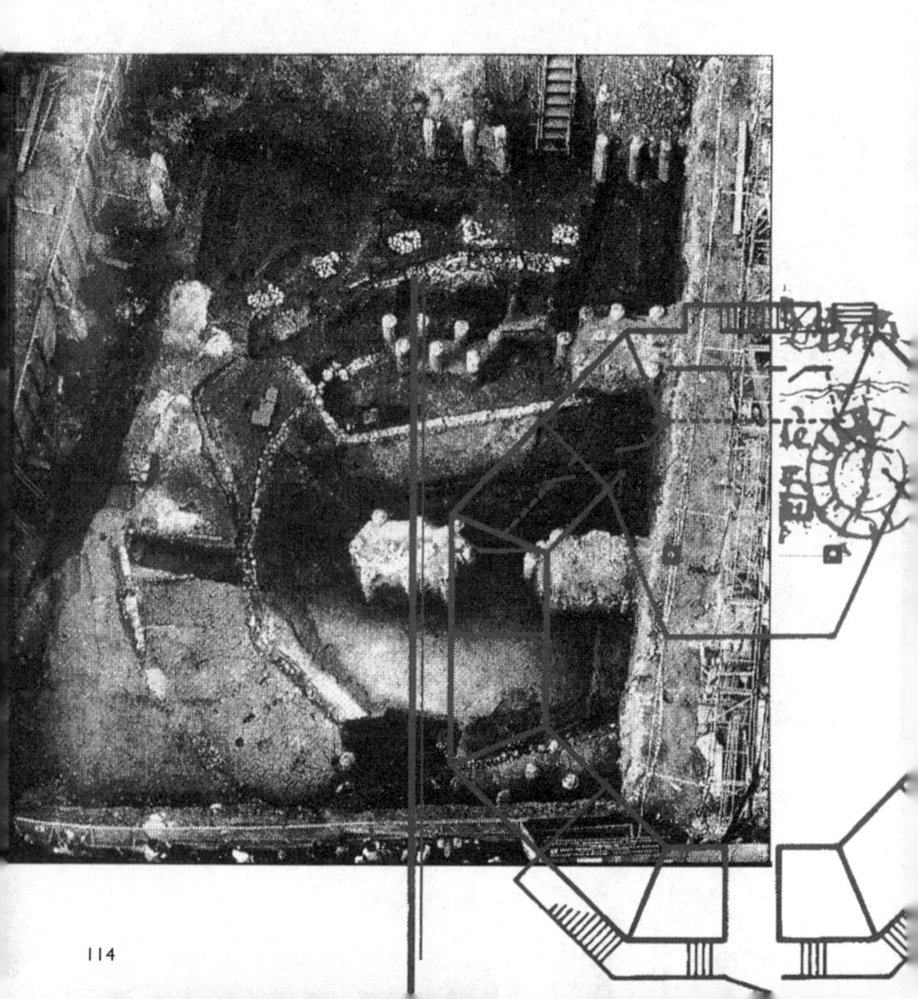

玫瑰剧场——这个莎士比亚用脚踏过的舞台——被尊为英国剧场的摇篮。但它仅是被发掘出来而已，因为那个地方正要重建。玛格丽特·撒切尔首相只提供口头支持。

我坚信文化的自由市场价值。
但英国的演员们联合起来，他们团结一致，令人印象深刻。——这些演员包括伊恩·麦克莱恩、佩吉·阿什克罗夫特、朱迪·丹奇、拉尔夫·费因斯，甚至还有达斯汀·霍夫曼。
Guildhall
The Bull Inn
to Westminster
Temple Bar
Whitefriars
Salisbury Court
Bell Savage Inn
Blackfriars (2nd Revels Office & Theatre)
WEST CHEAP
CORNHILL
Cross Keys Inn
EAST CHEAP
The Bell Inn
GRACECHURCH ST
STREET
1st Bear Garden
The Swan
The Hope
The Rose

他们在庸俗的文化环境下拯救了玫瑰剧场。补贴一直被猛砍，几乎砍光。“玫瑰庭”[1]并非建在原址之上，正等待着全面装修。

[1] 指玫瑰庭办公楼。——译注

环球剧场的重建

在此期间，美国电影、戏剧经理人萨姆·沃纳梅克 (1919—1993) 仿建了一座环球剧场，尽管这座复制的剧场既没建在原址，也没严格照原来的建筑规范仿造，但它却开始占据现代莎迷的想象。国际莎士比亚环球中心建在紧邻玫瑰庭的地方，但随着玫瑰庭浇筑混凝土，环球中心开始动工。

这是最残忍的惨剧……《尤利乌斯·恺撒》(第三幕第二场第183行)
尽管所有人都不欢迎，这座复建的环球剧场还是于1997年挂牌营业。

或许一想就知道，如阿德里安·诺贝尔(皇家莎士比亚剧团经理)所说："答案并非回到环球剧场。我觉得这毫无意义……因为这个世界总在不断前进。"

电影中的莎士比亚

电影便是世界不断前进的一个方向。从一开始，莎士比亚就在电影里了。1899 年，赫伯特 · 比尔博姆 · 特里拍摄的大场景制作的《约翰王》，便是一部早期的电影奇观。从无声电影起，莎士比亚便开始为电影工业创造利润。后来，有声电影来了。

由莎剧改编的电影经常评论政治体制和国内问题。劳伦斯·奥利弗的《亨利五世》于 1944 年上映，极大地鼓舞了国民的爱国士气，也为盟军作战做出贡献。

肯尼斯·布莱纳 1989 年版的电影《亨利五世》，把战争变成一种严酷的隐喻，隐喻患了重度幽闭恐惧症的保守主义政治。

布莱纳不断拍摄由莎剧改编的电影，如《无事生非》和《爱的徒劳》，最近刚拍了一部雄心之作《哈姆雷特》(1996)。

好莱坞也如此，拍摄了梅尔·吉布森主演的《哈姆雷特》，莱昂纳多·迪卡普里奥领衔的《罗密欧与朱丽叶》，甚至阿尔·帕西诺正在考虑《理查三世》[1]。

实验性电影制作人德雷克·贾曼（1924—1994）长期致力于莎剧电影拍摄，他拍了一版极尽奢华、带有他个人特质的电影《暴风雨》，但其他时候，他在冥思默想十四行诗。

众所周知，彼得·格林纳维拍摄了一版由莎剧《暴风雨》改编的电影《普洛斯彼罗的宝典》[2]。

[1] 1996年，由阿尔·帕西诺导演的电影《寻找理查三世》上映。——译注

[2] 也译为《魔法师的宝典》。——译注

电影和电视改编

已经证明，莎士比亚电影像莎剧一样具有无限的适应性，也许更有过之。被改编成音乐剧的有《来自锡拉库扎[1]的男孩儿》(《错误的喜剧》)、《吻我，凯特》(《驯悍记》)、《西区故事》(《罗密欧与朱丽叶》)、《重返禁忌星球》(《暴风雨》)。有些电影大段引用莎剧原文，并把其作为电影整体的一部分，如 :《我自己的爱达荷》(《亨利四世》)、《我与长指甲》(《哈姆雷特》)、《夜访吸血鬼》(《奥赛罗》)。《莎士比亚全集》在电影《星球大战》(四)中的作用十分重要。在电视荧屏上也是这样。

[1] 锡拉库扎，意大利西西里岛东部一港口城市。——译注

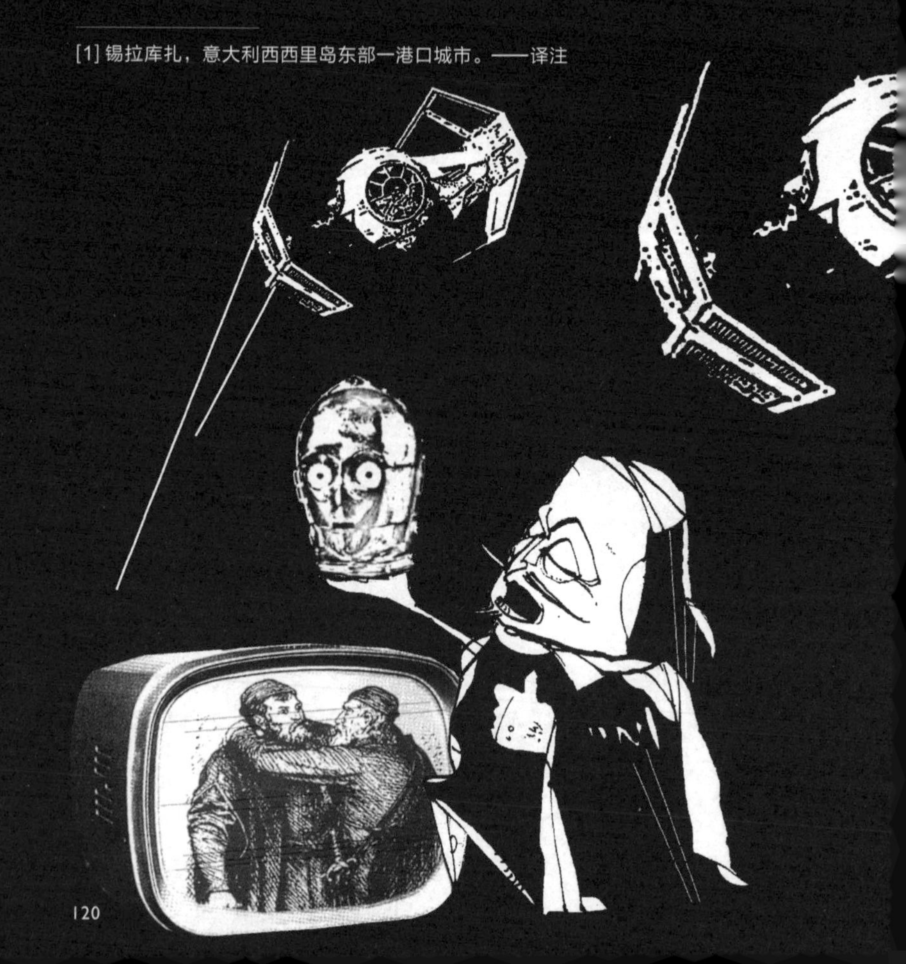

英国广播公司（BBC）拍摄的电视喜剧片《黑爵士》（“附带莎剧对话”）第一季开头，彼得·库克扮演由劳伦斯·奥利弗扮演的理查三世，他宣布……

现在是我们的甜蜜夏日
却被都铎[1]的阴云变成寒冬。
而我，不为沮丧的战争而生……
我被粗暴地放逐，渴望真正的国王
奋力反击，为可爱的英格兰自由而战。
祈祷上天保佑我们顺利。
谁与我们作战，谁下地狱！

THE BLACK-ADDER
THE QUEEN OF SPAIN'S BEARD

第一集特意过度引用多部莎剧中的大量台词。只要人们开始寻找，便会发现关于莎剧的典故和拙劣模仿随处可见：明确的模仿，有《恋爱中的莎士比亚》；含蓄的模仿，如迪士尼拍摄的《狮子王》（《哈姆雷特》）。

[1] 都铎，指由亨利七世于 1485 年开创的都铎王朝。——译注

风靡全球的莎剧电影

由莎剧改编的电影风行全球。莎剧可以轻易转化成其他文化——黑泽明根据《李尔王》改编的武士电影《乱》便是明证。同样，可能由于缺乏教条式的道德秩序，才使莎剧材料用起来如此灵活。例如，在印度也这样，那里有丰富的莎士比亚传统。

1770 年，莎剧首演于孟买。后来，莎剧演出发展成一种地区音乐传统。
莎士比亚是译成乌尔都语最多的外国作家。
《哈姆雷特》被改编成音乐剧《非正义谋杀》上演。
像在西方那样，印度朗读式的莎士比亚表演风格一直延续到电影出现，并使宝莱坞电影业发展成形。

莎士比亚崇拜

“莎士比亚崇拜”（“bardolatry”）无所不在。（这个词由萧伯纳发明，亦作 Shakesperotics 或者 Bardbiz。）莎士比亚出现在报纸头条和卡通漫画里，出现在雪茄上，或朋克摇滚乐中。（“性手枪”乐队主唱约翰尼·罗登曾说：“我爱《麦克白》——它是一件华丽的污秽品。”）莎士比亚出现在邮票、T 恤衫和徽章上，甚至用来做某些信用卡里的全息图。在 BBC 第四广播电台一档长期访谈节目《荒岛唱片》里，被送上荒岛的人获准为他们的田园生活选十张唱片，一件奢侈品……

……除了《圣经》和莎士比亚，可再带一本书。
BBC4

全世界的必读作家

事实上，对莎剧的评论多于《圣经》。在全英国家课程大纲里，莎士比亚是唯一的小学生必读作家。19 世纪末，美国的学校和大学也广泛在课程中讲授莎士比亚。

FEDERAL RESERVE NOTE
THE UNITED STATES OF AMERICA
THIS NOTE IS LEGAL TENDER FOR ALL DEBTS, PUBLIC AND PRIVATE
G58846587J
的确，美国的教育以英国文学为基础——因此，是以莎士比亚为基础。

美国的商业巨头开始装配莎士比亚作品的“对开本”和“四开本”，最终导致像皮尔庞特·摩根图书馆（纽约）和富尔杰莎士比亚图书馆（在华盛顿特区的国会山）等大型图书馆的建立。在别处，东京也有一座环球剧场。莎士比亚既弥漫于流行文化，也渗透进学术话语。

莎士比亚的“英国风”

这一世界性的莎士比亚——全世界的莎士比亚——是否仍是一种“英国气息”的定义模型？或说，这是英国文化帝国主义的一个范例？求助莎士比亚界定“英国风”的问题在于，他只对“不列颠人风格”感兴趣，固然，当时“不列颠”的意义和今天不完全一样。例如，在《亨利五世》第三幕第三场第 122—124 行，爱尔兰官员麦克莫里斯惊叹……

我的民族是怎样的？一个恶棍、一个婊子养的、一个无赖、一个流氓的民族？我的民族是怎样的？有谁谈论我的民族？
FRATERNITY
FEDERATION
WORLD

莎士比亚：一个德国人？

莎士比亚曾被纳入摆脱了古典主义束缚，并与本土有着密切联系的典型的哥特式作家行列，这就是为什么歌德和德国浪漫主义作家，在18世纪末把他如此迅速吸收进日耳曼文化的原因。

> 当我读到他第一部戏时，我的一生就属于他了！……觉得自己好像一个先天的盲人站在那儿，在此一瞬间双目被一只神奇的手赋予了视力。我看到，我感到，我的存在以最鲜活的方式被无限扩大了。

莎士比亚在德国得到如此深刻的认同，以至于“一战”期间被用来做反英宣传。

莎士比亚：一个欧洲人？

“二战”以来，这种国家的派性有了改变。战后对“领袖人物”，即能让一个社会，乃至一个国家都屈从其个人意志的那类人的怀疑，已经因关注其他那些同样具有超凡魅力、更少独裁且更具公共性的人物而改变。因此，莎士比亚的传记观念转换成为世界性的。

现在，这一变化强调我的盟国法国、意大利和荷兰的朋友们，以及我的拉丁语和欧洲语言的知识。
莎士比亚被再造成一个欧洲人。

对研读莎士比亚的批评

20 世纪上半叶莎士比亚批评的关注点，在于“研读”，而不在人物角色。整个研读的批评性实践，事实上是分析个人的十四行诗的一个附带结果。英国诗人兼作家罗伯特·格雷夫斯把莎士比亚变成一个现代主义者。有影响力的批评家威廉·燕卜荪用十四行诗来阐明他的著名理论“朦胧的七种类型”。[1] 俄国符号学先驱罗曼·雅各布森把莎士比亚变成一个符号学家。

威廉·燕卜荪
罗曼·雅各布森
罗伯特·格雷夫斯
Dramatis Personæ
MACBETH.
人们需要的是一个“共有”文本。

这种曲高和寡的审美活动已受到像德国剧作家**贝托尔特·布莱希特**（1898—1956）那样的莎剧导演的挑战。布莱希特是一位马克思主义者，他创作和改编的都是积极反资本主义和反法西斯的剧作。

我喜欢的
技巧是使观众与人物和舞台行
为“隔离”，以避免观众轻易产
生认同与同情。

扬·科特（1914 年生人），华沙文学教授，在其有影响力的《莎士比亚：我们同时代人》（1961）一书中，吸取了布莱希特的观点。科特阅读莎士比亚，为的是记住希特勒和斯大林的暴政，而不是在伊丽莎白时代的研究或自我放纵的研读中忘记他们。莎士比亚全能之才，显然可以为当前的政治事务提供急需方案。科特推断，假如莎士比亚是不朽的，那他之于今天的意义，必与他在 16 世纪的意义一样。

科特带着典型问题阅读莎剧的人道主义策略，激发了一代人的戏剧创作，并引起许多批评性的再评价。后现代主义理论家们则反其道而行，将莎士比亚作品置于政治、经济、意识形态、性和性别，或殖民与后殖民语境，要么透露它们被压抑的强烈颠覆性，要么揭开它们不健全的假设。

[1] 固定乐思：指大型音乐作品中贯穿全曲的基本主题。——译注

这样一来，读者就在读两本书……
……这两种做法，都渗透在戏里，但同时也在戏外，即用我们当代人的标准，对戏中主人公进行评判。
这一打破旧习的做法可能令人感到兴奋，却也是一种“固定乐思”[1]评判。
FOSTER'S
Coca-Cola
AUDIO & VIDEO TAPE

丹尼斯·多诺修提出：“我们这时代的文学批评家们为一个观点而疯狂……然后又凶猛地庆祝他们硬造出来的这个观点。”

他们珍视那些能证实他们有先见之明的文本……
但他们似乎从未感到好奇，为什么首先读我写的戏。
REDGRAVE
DE LA TOUR
DANCED
SHERMAN
GLOBE
'NOT TO BE MISSED'
FORCÉ"
"RIBALD AND SAVAGE AND POIGNANTLY FUNNY"
"THE FINEST, FUNNIEST PLAY TO ILLUMINATE THE WEST END FOR A LONG TIME"

反讽的是，减少对莎士比亚的关注，反倒使他得到进一步的普及。

保守建制派喉舌

目前，莎士比亚被攻击为保守建制派的一条走狗 —— 一个“国家诗人”的贬义称谓。该观点认为，历史上，莎士比亚曾被改造以适用于保守主义。

帝国需要男人！
他被大英帝国广为传播，同时也是大英帝国的文化辩护士。
他塑造出一幅资产阶级世界图景及其个人价值观。
海外
国家
所有人响应号召。
Helped by the YOUNG LI
The OLD LION defies his Fo
现在招募

他在学校乃至整个文化中的地位，便是资产阶级试图复制其阶级意识形态的一个明显例证。玛格丽特·撒切尔内阁的教育大臣肯尼斯·贝克对此做出最明确的表达。

贝克在其
《诗说英国历史文选》(1988)
中断言……
……莎士比亚戏剧和詹姆斯国王钦定版《圣经》[1]，把英国语言确立为西方文明的最大荣耀。
贝克的《伟大教育改革法案》(1988)使莎士比亚成为14岁学童的必读作家。

莎士比亚是英国教育的一个基本原则，更不必说遍布全球的众多英语课程。哪怕只为让学生对某些莎剧做些了解，也会决定对这些莎剧将如何教、如何读，还会对关于如何读和写的某些假定进行交流——特别是把他置身历史之外，而非把他视作历史进程一部分的那些人。无论如何，莎士比亚是原型的“已故欧洲白人男性”作家。

[1] 指英王詹姆斯一世于 1611 年钦定出版的《圣经》。——译注

莎士比亚在政治上的滥用

莎士比亚可以用来支持保守派。尤利西斯为秩序辩护的那段话（《特洛伊罗斯与克瑞西达》第一幕第三场第 109— 110 行），常被保守党政治家引用，好像莎士比亚认可他们这样做似的。

一旦夺走秩序，琴弦走调儿，听吧！噪音随之而来！
但这段话出自莎剧中一个人物之口，这个人时而精于算计，时而冷嘲热讽，而且，无足轻重。

莎士比亚还可用来为压制力量辩护。在共产主义者的东欧，莎士比亚被作为一种马克思主义信条的工具来讲授。

马克思常在作品中顺便提到他。
马克思引用《雅典的泰门》中的台词，得出结论说……
莎士比亚极好地描绘出金钱的本质。

莎士比亚还能被——而且已被——其他社会团体所用，也确实被激进政治所用——最明显莫过于在他生活的时代，埃塞克斯的叛军以资助《理查二世》的演出，证明他们反叛伊丽莎白一世合法。

新历史主义

新历史主义这一概念由史蒂芬·格林布拉特在 1982 年提出。它旨在解释某一文化的不同表现形式（如文学、宗教、仪式），如何能构成一个社会，并在特定的历史时期认可其价值。新历史主义否认这些表现形式比“人类学上的表现形式”更有意义，但应在政治和制度权力、阶级和性别情况，以及经济生产力和帝国主义等语境下，对此进行解释。

问题在于揭示文学如何既与压迫力量合谋，而又颠覆他们。
新历史主义是高度跨学科的批评……

新历史主义常令人吃惊地将文学同其他——科学、医学、法律、神学等——并列在一起，把莎士比亚变成一块交互式拼图，插入伊丽莎白和詹姆斯一世两个时代的文化。

这效果是通过历史性类比与合并把莎士比亚引入他的社会，来侵蚀他的杰出地位。一个例子是，詹姆斯一世“侵吞”了莎士比亚所属剧团，将其更名为“国王剧团”。

在新历史主义者读来，这似乎显露出对王权的潜在态度，以及如何为它辩护。
但没有充分的历史证据证明这一点。
adidas
国王剧团
adidas
国王剧团

莎士比亚后来的剧作被认为是对这些帝王“意识形态”的探索。在此，最有趣的问题也许是，莎士比亚是否总能揭示出隐含在他那个社会中的假设。

文化唯物论

文化唯物论建立在马克思主义的假设之上，因此，把批评视为抵抗政治的一种形式，既可谴责过去，也可“挑战”当前。它与新历史主义没什么不同，同样受了那些理论家（福柯、路易斯·阿尔都塞、雷蒙德·威廉斯、克里福德·格尔茨）的影响，但它更关注当前，而不是过去。文化唯物论由两个范例来界定：“历史背景和理论方法的组合、政治承诺和文本分析的组合。”

文本是检视意识形态力量与幻象被巩固、被颠覆或被遏制之所。
这在寻找“被边缘化的声音”时显而易见——人们认为少数群体在他们可能被从历史记录中排除的时候具有颠覆性。

此外，所有这一切都是为了取消莎士比亚的普遍性。但文化唯物论却认为它自身具有通用性。倘若它不能像马克思主义那样重大，至少也像福柯的理论一样广泛，而且，同样关注身份与权力关系的问题。

文化唯物论和批评其实没什么关系，除了让它进入针对当前文学教学的政治斗争。一切要么被简化为政治，要么被忽略。对文化唯物论者来说，文学要么从社会压迫中解放出来，要么与权力合谋。

当一个人意识到宫廷娱乐审查官具有公然行使审查的权力，他所声称的对“困惑的意识形态”的挖掘随之坍塌。
我许可剧作出版，并删除了《奥赛罗》“四开本”里的50处咒骂语。

统治者在精确描述他们的统治政策时，很少感到不安。詹姆斯一世在其《运动书》（*Book of Sports*，1618）中公布，积极的娱乐和节庆是消除民众骚乱的一种方式。这话倒没那么故弄玄虚。

后资本主义秀

文化唯物论最为关注的是当前，而非过去。比如说，当代马克思主义批评家特里·伊格尔顿断言……

莎士比亚是精致的商品，既永葆如新，又令人欣慰地清晰可辨，时时不同，却恒久不变。
人们也可以用这话来说伊格尔顿的马克思主义。
威廉·莎士比亚
真的，这不正说明也许是欲望本身想成为不朽的“莎士比亚研究家”吗？

一些唯物主义批评家痴迷于商品和市场，甚至不遗余力……

莎剧的复杂性也许没被说成一种艺术成就，而是作为一种精明策略，可以在复杂的多元文化市场中，曲意逢迎尽可能多的部门。这可能表明，莎士比亚戏剧实际上是一个产业，而不是一件个性化产品，而且，它特殊的呈现形式，从根本上被一种商业成功的理念激发和认可。莎士比亚将被看成更像一个现代企业商标或标志，而不是一个特殊个体或创造性天才的特定名称。

工业产品？公司商标？
他在说什么？

后殖民主义批评

《暴风雨》曾是后殖民主义批评家喜欢的一个文本，他们把它作为研究英国从爱尔兰到偏远的第三世界国家殖民行动的一个机会。但也可以像奥尔德斯·赫胥黎的未来反乌托邦小说《美丽新世界》那样，把《暴风雨》改写成入木三分的社会讽刺作品。

米兰达在剧中最后一场说："啊，美丽的新世界 / 在里面有这样的人。"——期待一个基因克隆的世界。

这个文本充满着可能性，特别是卡利班和西考拉克斯这两个人物。有些作家在自己的作品中，为这些人物编织出新故事。

像简·里斯那样，她在小说《梦回藻海》中为伯莎·梅森写下从未讲述过的故事。伯莎·梅森是我的小说《简·爱》（1847）里的疯女人。
夏洛蒂·勃朗特
加勒比
天堂

莎士比亚可以遭人诋毁，也可与之合作，他的作品还可以为反思詹姆斯时代的帝国主义提供依据。另一方面，《暴风雨》也可被当成一部实验性喜剧来读，还可被当作是对早已死去的马洛魔鬼般的剧作《浮士德博士》决定性的回击。

莎士比亚的种族观?

但是，后殖民主义批评家对莎士比亚的重读，并非从新历史主义者揭露《暴风雨》是一种“帝国主义话语”开始。后殖民批评在像乔治·莱明、爱德华·卡马乌·博列维特、艾米·塞沙勒等加勒比海作家中有丰富背景。在任何情况下，莎士比亚都非常关心种族差异。他笔下的第一个黑人形象是《泰特斯·安德洛尼克斯》里的亚伦（他可能亲自演过这个角色），亚伦为自己的肤色感到荣耀（第四幕第二场第97—103行）……

什么，什么，就凭你们两个红脸蛋、不懂事的毛孩子！
你们这些白灰墙！你们这些酒店招牌上的人形图像！
煤黑比别的颜色更好一些，
因为它上面再涂不了其他颜色；
尽管天鹅每时每刻都在海水里冲洗，
但倾尽海水也无法使她的黑腿变白。

尽管这样，依然有批评家抱怨，白皙在莎剧中被认为是美丽和性吸引力的标准肤色，他们忘了莎剧中最诱人的角色当属克里奥佩特拉。

他会想我？我这皮肤被福玻斯[1]弄得黝黑……《安东尼与克里奥佩特拉》（第一幕第五场第27—28行）
十四行诗也写了“黑女郎”的特征……
但如今，黑成为美的合法继承人。（十四行诗，第127首）

[1] 福玻斯，即罗马神话中的太阳神阿波罗。——译注

奇怪的是，近来注释者忽略了一个问题，即从坚持她的肤色是“暗褐色”这点来看，她真该被称为“黑女人”（“black woman”），而不是“黑女郎”（“dark lady”）。有人认为，她的原型可能是一位名叫露西的黑皮肤名妓（十四行诗第127—152首）。

然而，《威尼斯商人》中的夏洛克提出了反犹太主义的问题。虽然夏洛克并非一个种族主义者类型，而只是一个复杂的角色，但这部戏在纳粹对犹太人大屠杀之后变得难于处理。

女性主义批评

新历史主义和文化唯物论都因没能充分代表女性主义的贡献受到批评。事实上，莎剧中的女性主义传统至少可追溯到 1736 年，当时，“莎士比亚丽人会”正在游说位于伦敦居瑞巷的剧场和考文特花园剧场复兴更多莎剧。

早期有影响的女性批评家有：夏洛特·伦诺克斯 [《插图本莎士比亚集》（*Shakespeare Illustrated*），1753]；伊丽莎·海伍德 [《女观众》（*The Female Spectator*），1755]；伊丽莎白·蒙塔古 [《论莎士比亚的天才》（*An Essay on the Genius of Shakespeare*），1769]；伊丽莎白·格里菲斯 [《插图本莎士比亚戏剧的美德》（*The Morality of Shakespeare's Drama Illustrated*），1775]。汉丽艾塔·玛丽娅·包德勒 1807 年出版的《家用莎士比亚》（*The Family Shakespeare*），堪称女性批评的巅峰之作。

MORE

《家用莎士比亚》包含 20 部莎剧……

尽管没多加一行，但
我尽力删除了有违道德和宗教
思想的内容。
我弟弟托马斯·包德勒后来接
手，并于 1818 年出版了 10 卷
本《家用莎士比亚》。
当然，只署了
我自己的名字。

顺便提一下，人们第一次关注到《一报还一报》（性冲动成为剧情驱动力）中的伤风败俗。19 世纪末，《一报还一报》变成一部“问题剧”，它是维多利亚时代性道德观念的一个绝好例证。（批评家还为哈姆雷特是否真和奥菲利娅上过床伤脑筋——对此，一位资深演出经理人曾回答说：“在我们剧团，一直睡一块儿！”）

20 世纪女性主义批评

弗吉尼亚·伍尔夫（1882—1941）在她那篇具有开创性的散文《一间自己的房间》（1929）中用到了莎士比亚。

我认为，女人写作时需要有一个传统在背后做支撑，比如拥有家族身份和继承大笔遗产。
我被伍尔夫打入冷宫，她谈论的是我妹妹“朱迪丝”。
由于是女性，她没能成为剧作家，最后自杀身亡。

伍尔夫的散文笔调高雅，有说服力。然而，20 世纪后期的女性主义批评及作品有一种趋势，强调女性在剧中受迫害和被剥削。

以对《驯悍记》的解释为例，忽略了把凯特作为同谋的反讽。的确，在这部戏里，莎士比亚式的模棱两可或不确定性第一次显露出来。

好像我对自己的人物完全拿不定主意。
然后，他就很典型地通过把作品设计成半剧或半梦的结构，使问题复杂化了。

约翰·弗莱彻在其1604年续写的《女人的奖赏》[*The Woman's Prize*，也叫《驯人者被驯记》(*The Tamer Tamed*)]一剧中，试图对一些问题做出回答。在剧中，彼得鲁乔的第二任妻子在新婚之夜把他关在门外，从而将他驯服……

性别问题

当前的女性视角倾向于审查莎剧中的父权主义和性别生产（gender production）。当然，莎翁后期作品以女性问题及保护女性性活动为特征，并对父—女关系着了魔。

李尔王可被视为父权厌女倾向的一个代表，以及家庭责任方面的一个教训……

只有那些厌恶女人的同谋才会认可这个结局。

不过，这种方法在冒还原和过分简化的风险，忽略了戏剧性的（情节所需要的）因果关系和人物（在剧中谁跟谁说了什么，何时何地说的这些话）。她们也在冒提倡完全相同的性别二元对立的风险，她们宣称这具有挑战性。

女性主义依次创造出身体批评的一个子集，通过对诸如医学文献的调查，剖析文艺复兴时期的身体观念，从而为莎剧幻化出更多“语境”。这也在莎剧舞台上创造出关于性身份的极大兴奋。

特别是，如果我们记住，这些女性人物都是由身穿女装的男性扮演的……
尽管有太多人把这“变装”和同性恋联系起来，但它不仅是戏剧传统，也是一种法律规定。

如果我们回忆一下，莎剧中的女主角经常不由分说地女扮男装，扮演她们的男孩子们可在其“女性”角色的大部分剧情中，舒服地打扮成男人。人们在舞台之外阅读剧本时，几乎注意不到这个问题。另一方面，如何通过女演员塑造女性角色，或由一个黑人演员扮演亚伦或奥赛罗，改变舞台上的这些形象，也值得我们思考。

酷儿理论

早在 1824 年便有人提出莎士比亚可能是同性恋，可“酷儿理论”（同性恋批评）却没从莎剧中找到什么蛛丝马迹……

当然，有两个例外值得注意……《理查二世》和《科利奥兰纳斯》。
但有趣的是，“酷儿理论”的关注点是十四行诗，及其在同性恋解放中扮演的角色。
特别是在受审中的奥斯卡·王尔德手上。

尽管莎士比亚十四行诗果真是“前同性恋”（pre-homosexual），但其批判遗产在 20 世纪同性恋政治的生成中备受关注。

精神分析批评

对莎士比亚的精神分析阅读先是参照西格蒙德·弗洛伊德（1856—1939），而后又参照有“法国弗洛伊德”之称的雅克·拉康（1901—1981）。弗洛伊德把自己想象成一个《哈姆雷特》批评家，他从中预先看到一种“俄狄浦斯情结”的戏剧化。

取号，等候
1
《哈姆雷特》中的戏剧冲突隐蔽得太有效了，留待我去开掘吧。
他深信，莎士比亚同时在悲悼他仙逝的父亲和死去的儿子。

弗洛伊德在《梦的解析》（1900）一书中对哈姆雷特进行心理分析，声称最终解决了它的主题问题：“我已把势必留在哈姆雷特头脑中的潜意识，转换成了有意识的术语。”

哈姆雷特是一个不错的精神分析病人，他向精神病学家承认……

若非我总是做噩梦，即便把我束缚在一颗坚果的硬壳里，我仍自以为是一个拥有无限空间的国王。——《哈姆雷特》第二幕第二场
正如弗洛伊德给哈姆雷特做精神分析一样，人们也可以对李尔王或伊阿古进行精神分析。
其他精神分析批评家对莎士比亚本人进行精神分析，把他的剧作当病例记录来用，或将其单独的文本视为独立的心理条件。
《暴风雨》从深层语言上表达出它自身对殖民主义的忧虑。
4
5
拉康
3
7

考虑到莎士比亚在一定程度上激发了弗洛伊德及其理论，美国莎学家哈罗德·布鲁姆发现可把莎士比亚视为更为敏感的精神分析的仪器，便不足为奇了。

无论如何，在弗洛伊德对莎士比亚的精神分析中有点讽刺意味……
弗洛伊德以“群体主义”为开端，他认为莎剧是由几个不同剧作家合作的产物。
我越来越觉得，文学，而且特别是莎士比亚——他就是文学，是一种远比精神分析更全面的认知方式。
这时我想，他是一位名叫雅克·皮埃尔的法国人，后来我认为，所有这些剧作都出自牛津伯爵爱德华·德·维尔之手。
2
8

作者之争

关于作者的争论仍在继续，因为尽管有二三十件官方和法律文件提及莎士比亚，而且，同时代人也可能有 60 处间接提到他，但关于他的个人生活，还需要更多材料。他的剧作显示，他对法律、宫廷及古典文献非常熟，想必他一定受过高等教育。

[1] 即马洛 1590 年出版的第一部剧作《帖木儿大帝》。——译注

然而，值得注意的是，我们掌握的莎士比亚是这些戏剧作者的证据，比把托马斯·基德说成是剧作者的证据充实得多……
《西班牙的悲剧》作者是托马斯·基德，也只凭托马斯·纳什随口那么一说。
也比马洛是《帖木儿》[1]一剧作者的证据更充实。

莎士比亚变成了弗朗西斯·培根

直到 18 世纪末，没人认为莎士比亚不是他本人这些剧作的作者。关于作者之争，在他死后两个世纪才开始流行。这表明，人们对莎士比亚在那 200 年间的流行有了不同看法——对眼下的作者之争也有不同看法。相信莎士比亚作品实为弗朗西斯·培根（1561—1626）托名所著的理论，主要公布在一本小册子《博学的猪》（1786）中。

这是一个转世再生的故事，讲述“小比利”——一只会表演的猪——宣称自己是“一猪脚”莎士比亚戏剧（当然包括《哈姆雷特》）的作者。
这些蠢话比詹姆斯·威尔莫特牧师1785 年所提的更为严重。
莎士比亚——顶多是个乡村小丑——缺乏写戏所需的教育。因此，这些戏全是弗朗西斯·培根写的。

但威尔莫特出于羞愧，死之前烧了文稿，他的理论在一个半世纪之后，才为人所知。

培根的其他支持者

19世纪，最卖力推广培根是莎剧作者（如果没说疯话）的人，是美国一位自学成才的剧作家迪莉娅·培根。在与维多利亚时代权威批评家托马斯·卡莱尔（1795—1881）住在一起时，她曾断言……

尽管我尊敬您，卡莱尔先生，但我必须得说，如果您相信这些戏是那个傻瓜写的，那您就真看不懂这些戏了。
我简直笑掉大牙……

但她有她的支持者，她甚至还在斯特拉福德的圣三一教堂度过一个夜晚……

我希望教堂司事走开，这样我就能开挖“培根说”的证据！
前首相兼好斗的外交大臣帕默斯顿勋爵，通过威廉·亨利·史密斯的作品成了培根是莎剧作者说的信徒。
莎士比亚研究家
幻觉的爆炸，与意大利统一和远东商贸线路的开辟，在重要性上有点相似。

解码莎士比亚

有“狂想王子”之称的伊格内修斯·唐纳利是另一位“培根说”的主导者，他和他的许多“反斯特拉福德的莎士比亚是莎剧作者”同伴一样，受训成为一名律师，因而觉得“莎剧作者”必定也受过同样训练。

我认为培根不仅是莎士比亚戏剧的作者，而且，《莎士比亚次经》(*Shakespeare Apocrypha*)[1]、蒙田的《随笔录》、罗伯特·伯顿的《忧郁的解剖》、乔治·皮尔[2]的有些著作，以及克里斯托弗·马洛的所有作品，都出自培根之手。

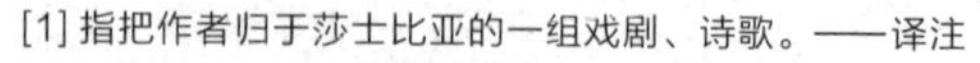

[1] 指把作者归于莎士比亚的一组戏剧、诗歌。——译注

[2] 乔治·皮尔（1556—1596），翻译家、诗人、剧作家，曾与莎士比亚合写《泰特斯·安德洛尼克斯》。——译注

W
N
J
A
B

唐纳利的杰作是《伟大的密码》，他在书里按照在一本儿童杂志发现的密码，对莎士比亚进行解码。

暗码、密码和离合诗[1]

“培根说”的“研究”大多涉及（一直涉及）识别莎剧文本中那些魔鬼般的密码——比如在第一对开本，或在由特殊词语构成的字谜中。尽管有压倒性的历史证据表明，伊丽莎白时代的人并不这样写十四行诗，但还是有人把这种东西视为一部隐性自传，这也是“反莎派”的一个策略。至少有一个个案，用密码分析培根是莎剧作者的奥威尔·欧文，从培根的乐于助人的幽灵那里，收到了密码说明。

---

[1] 英文的离合诗，指各行首字母或尾字母或其他特定处的字母能组合成词或句的一种诗。——译注

这里有一个密码的例子，我假装把自己隐藏在那里面。

1610 年，詹姆斯一世国王钦定版《圣经》最后敲定。有人提出，“国王剧团”的剧作家莎士比亚担任过顾问，——甚至写了其中一部分。《旧约・诗篇》46 ：“神是我们的避难所，是我们的力量，是我们在患难中随时的帮助。”在这一节中，正数第 46 个字是“shake”，倒数第 46 个字是“spear”。1610 年，莎士比亚（Shakespeare）正好 46 岁……

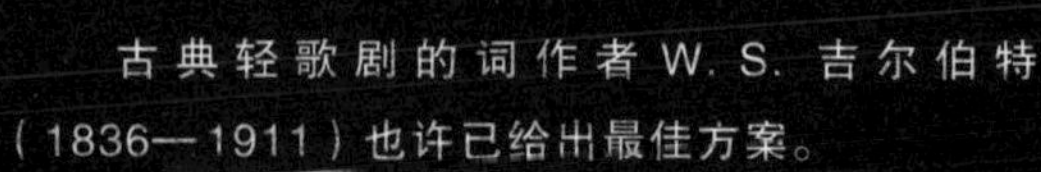

古典轻歌剧的词作者 W. S. 吉尔伯特（1836—1911）也许已给出最佳方案。

培根
威尔

你知道他们准备怎么解决莎士比亚、培根之争吗？他们打算挖开莎士比亚的墓，然后再挖培根的。

培根
威尔

他们打算把他俩的棺材并排放一起，然后请赫伯特·比尔博姆·特里[1]对着两具棺材背诵《哈姆雷特》。

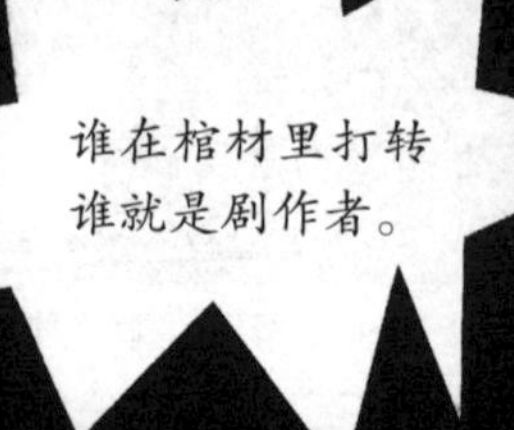
谁在棺材里打转
谁就是剧作者。

[1] 比尔博姆·特里（1852—1917），英国演员兼剧院经理。——译注

还有其他人被认为是莎剧作者。1824 年，有人提出，莎士比亚是以“克里斯托弗·马洛”的名字开始演艺生涯的。尽管大量文件证明马洛死于 1593 年，但他后来还是被郑重其事地提名为莎剧作者。像皮尔和乔治·查普曼[1]等与莎士比亚同时代的剧作家，也被列为作者人选，不过，还有更离谱儿的人。

[1] 乔治·查普曼（1559—1634），英国诗人、剧作家。——译注

红衣主教沃尔西，1530 年去世，因此，他的剧作由培根编辑……

或是一群耶稣会士。

或是国王詹姆斯一世——令人费解的是，这一主张得到黑人穆斯林活动家马尔科姆·艾克斯[2]的支持。

甚或是菲利普·西德尼爵士[3]的妹妹……

如幽默作家杰罗姆·K. 杰罗姆[4]所说……

培根的噱头……发现所有莎剧都出自另一个同名绅士之手。

[2] 马尔科姆·艾克斯（1925—1965），美国黑人领袖。——译注

[3] 菲利普·西德尼爵士（1554—1586），英国诗人、文艺理论家。——译注

[4] 杰罗姆·K. 杰罗姆（1859—1927），英国幽默作家。——译注

牛津伯爵的争议与“兔八哥”[1]

但牛津伯爵爱德华·德·维尔（1550—1604）对“培根是莎剧作者说”提出的反诉最为持久——这一理论由J. 托马斯·鲁尼（原文如此）最先提出，并得到弗洛伊德支持。牛津伯爵不仅熟悉宫廷、世俗，还像培根一样有教养。牛津伯爵出身贵族，而鲁尼又强调莎剧中内在的贵族气派。他赢得相当大的支持。

[1] 牛津伯爵鲁尼的英文名是Looney，因与Looney Tunes（“兔八哥”）拼法相似，被戏称为“兔八哥”。——译注

甚至有一场象征性的审判，审判中，牛津伯爵对这位斯特拉福德人进行起诉……
当然，“牛津说”像“培根说”一样荒唐，更糟的是，他们都同样势利。

然而，至少在一种情况下，这有助于为“环球剧场”项目筹款。总之，牛津伯爵死于1604年，可见这一宣称极难站住脚，因为有几部戏影射的同时代事件都发生在1604年之后。

尽管必须说，这些荒唐的对莎剧作者的宣称，大多是被美国的业余“学者”弄出来的，却同样取悦了英国人的等级优越感。查尔斯·斯宾塞·卓别林爵士认为……

我对谁写的莎剧并不上心……但我简直难以想象，它们是斯特拉福德那小子写的。甭管谁写的，都该有一种贵族姿态。
?

结论在此

哈罗德·布鲁姆[1]快乐地自称“布鲁姆·雷龙·莎翁崇拜者”（Bloom Brontosaurus Bardolater）。他认为，莎士比亚塑造的人物是由剧情发展出来，而不是呈现出来，通常由无意中听到他们自己的谈话发展而来。这样的话，莎士比亚所创造出的远不仅是表达方式、词语模式，以及语言或类型学——他虚构出具有现代人性格的角色。布鲁姆在罗莎琳德、福斯塔夫、哈姆雷特、伊阿古、李尔和克里奥佩特拉那不确定的活力中，看到了典型人性。

[1] 哈罗德·布鲁姆，生于 1930 年，美国著名文学批评家，耶鲁大学人文学科斯特林讲席讲授。——译注

这些剧作达到了人类成就的外在极限——在审美上、认知上，有些在道德层面，甚至在精神层面——超出了思想所能达到的终点，令我们望尘莫及。

布鲁姆的这番话，是对像特伦斯·霍克斯这样的文化唯物论者的回应，后者认为，莎剧文本没有实质意义（或说，任何东西似乎都没有实质意义），只是符号的复合体：“这些剧作跟它们制造出的词语有着同样功能，作品也是一样……莎士比亚并不意味着什么：我们因为莎士比亚而有了意义。”

在某种意义上，这两位批评家的观点是一致的，只是对布鲁姆来说，这种情形已经足够了，因为它挑战、延伸并解放了批评的想象。它创造了充满活力和具有警惕性的读者。

当代批评家弗兰克·科莫德就是这样一个读者。他不仅将莎剧当诗歌进行研读，还注意到舞台艺术的诗性。俄国伟大小说家列夫·托尔斯泰在莎剧诗行中注意到的一种效果，对弗兰克·科莫德来说却如此神秘：

莎剧中的人物……在异常激动的时刻，会多次重复同一问题，或多次要求别人重复同一个特别打动他们的词，奥赛罗、麦克德夫、克里奥佩特拉，还有其他人，全都这样。

这种重复和双重叠加实现了四个世纪前本·琼森赞赏的莎剧韵诗中的效果——对熟悉的材料进行鲜活的转换：“连自己带诗行，翻来掉去。”而且，也连我们和诗行一起——正把我们变成人……

对莎剧文本的编辑

莎士比亚研究中最重要的新进展，在于有了文本考证和新版本。目前版本很多，却没有一个完全合乎需要。这些版本在不同程度上既是容易接受的现代版本，又是历史文献；既是演出脚本，又是阅读文本。

近来，随着一些令人信服的证据的出现，使编辑上的问题变得棘手起来。这些证据显示“四开本”和“对开本”《李尔王》，实际上是两部不同的戏；但自 18 世纪以来，将它们合并为一个本子在编辑实践上来说是一个惯例，这一惯例假定两个本子拥有一个共同的来源。由斯坦利·威尔斯和加里·泰勒编辑、牛津克拉伦登出版社 1986 年出版的《莎士比亚全集》，分别印了两个版本的《李尔王》（一个标以“历史”，一个注明“悲剧”），引起巨大争议。对这场争论，加里·泰勒和迈克尔·沃伦合著的《王国的分裂》（1983）有所描述，加里·泰勒在其《重新发明莎士比亚》（1990）一书做了总结。

《李尔王的历史》源于 1608 年版“四开本”；《李尔王的悲剧》源于 1623 年版“第一对开本”。莎士比亚似乎有修补自己剧作的习惯，举例来说，不同版本的《奥赛罗》便是明证。但对《李尔王》的争论在于，《李尔王的悲剧》不仅不是对版本更早的《李尔王的历史》的简单修订，而是一种实质性的改写：事实上，这是一部新戏。除了许多小改动之外，《李尔王的悲剧》把对两个女儿的模拟审判删除，开发了高纳里尔的性格和个人魅力，削减了奥本尼的角色作用，并对肯特伯爵的戏做了大量改写。总体效果就是，删除道德评判，使全剧变暗，强化考狄利娅和埃德加的角色作用。《李尔王的悲剧》（1609—1610）可与《辛白林》等晚期剧作归为一类。

编者的错误在于把两个版本合并，创造出第三个杂交版，莎士比亚从未写过这一版，“国王剧团”也从未演过，可它却在过去一个世纪左右的时间里被人阅读，并定期上演。值得记住的是，济慈把他的十四行诗“坐下来再读一遍《李尔王》”题写在他编的那版莎剧集的时候，他读的《李尔王》跟我们今天读的版本不一样。他拥有“对开本”的复写件，因此他应读过《李尔王的悲剧》戏文，这个本子直到最近仍遭排斥，因为它不充分、不完整。

于是，两个版本的《李尔王》便提出了重要的编辑问题。济慈对《李尔王的悲剧》做过反复精读。从 16 世纪 90 年代开始，“四开本”的销售使莎剧在舞台演出以外，确保了对莎剧的阅读。随着“第一对开本”出版——之后不久，克伦威尔关闭剧院——莎剧存活下来，这在很大程度上归功于人们能像以前观看演出一样阅读莎剧。到了 18 世纪，剧院只上演经过大量改写的莎剧，这样一来，正好把莎剧卖给那些愿意私下阅读的读者。

塞缪尔・约翰逊（关于《李尔王》）还说过：“许多年前，考狄利娅之死曾令我如此震撼，在我后来作为编辑修订最后几场戏之前，我不知自己能否受得了再读一遍。”

可能有许多个莎士比亚，但有两个可以识别的传统从学术论争中浮现出来：一个，莎剧是演给观众看的；另一个，莎剧是用来安静阅读的。收有两部《李尔王》的“威尔斯和泰勒版”莎剧集，便是一部出色的剧场学术之作。它力图把每一部戏最“剧场化”的版本印出来——换言之，该版最接近莎士比亚时代的演出版。但这样做以后，它消除了几代人融入其中的批评技巧，而这些也许正是许多编辑和批评家们历经数代有效合作的成果。这种对文本细微、持久的关注，有助于创造出文学表达的语言，甚至，按一些批评家所说，还使人类能够充分认识语言自身。因此，我们需要两个版本：一个演出本，一个阅读本。目前的“牛津版”或许算得上权威演出本——一个记叙莎剧如何在莎士比亚时代上演的最可靠的版本。至于由批评家们培植起来的阅读本，独特的“阿登版”（目前是第三版）最为全面，“河畔版”最实用。本书中的直接引用皆选自《河畔本莎士比亚》，编者：G. 布莱克莫尔・埃文斯、哈里・莱文、赫歇尔・贝克尔、安妮・巴顿、弗兰克・科莫德、哈利特・史密斯、玛丽・埃德尔、查尔斯・H. 沙托克（波士顿：霍顿・米夫林公司，1974 年）。此外，本书还参考了《莎士比亚全集》，编者：斯坦利・威尔斯、加里・泰勒、约翰・乔伊特、威廉・蒙哥马利（牛津克拉伦登出版社，1986 年）。

莎士比亚戏剧、诗歌年表

标题及年代判断基于威尔斯和泰勒编本“牛津版”《莎士比亚全集》。

《哈姆雷特》(*Hamlet*)【《乌尔－哈姆雷特》(the “*Ur-Hamlet*”)(遗失。】(16世纪80年代末/16世纪90年代初)

《维罗纳二绅士》(*The Two Gentlemen of Verona*,16世纪80年代末/16世纪90年代初)

《驯悍记》(*The Taming of the Shrew*,16世纪80年代末/16世纪90年代初)

《约克和兰开斯特两王室之争》第一部和《亨利六世》第二部(*The First Part of the Contention of the Two Famous Houses of York and Lancaster*, & *Henry VI, Part 2*, 16世纪90年代初)

《约克的理查公爵与好国王亨利六世》(《亨利六世》第三部)(*The True Tragedy of Richard Duke of York and the Good King Henry the Sixth* [*Henry VI, Part* 3], 1592年前)

《亨利六世》第一部(*The First Part of Henry the Sixth* [*Henry VI, Part 1*], 1592)

《理查三世的悲剧》(*The Tragedy of King Richard the Third*, 1592-1593)

长诗《维纳斯和阿多尼斯》(*Venus and Adonis*, 1592-1593)

《泰特斯·安德洛尼克斯最可悲的罗马悲剧》(*The Most Lamentable Roman Tragedy of Titus Andronicus*, 1593)

《鲁克丽丝受辱记》(*The Rape of Lucrece*, 1593)

《错误的喜剧》(*The Comedy of Errors*, 1594)

《爱的徒劳》(*Love's Labour's Lost*, 1594)

《爱得其所》【*Love's Labour's Won*(遗失), 1598年前】

《托马斯·莫尔爵士》(部分出自莎士比亚手笔)(*Sir Thomas More* [partly attributed to Shakespeare], 1594-1595)

《罗密欧与朱丽叶最杰出、最可悲的悲剧》(*The Most Excellent and*

Lamentable Tragedy of Romeo and Juliet，1594–1595）

《仲夏夜之梦》（*A Midsummer Night's Dream*，1594–1595）

《理查二世的悲剧》（*The Tragedy of King Richard the Second*，1595）

《约翰王的生与死》（*The Life and Death of King John* ，1595–1596）

《威尼斯商人的滑稽史》，又名《威尼斯的犹太人》（*The Comical History of the Merchant of Venice,* or Otherwise Called *the Jew of Venice*，1596–1597）

《亨利四世的历史》（《亨利四世》第一部）（*The History of Henry the Fourth* [*Henry IV, Part 1*]，1596–1597）

《温莎的快乐夫人们》（*The Merry Wives of Windsor*，1597）

《亨利四世》第二部（*The Second Part of Henry the Fourth*，1597–1598）

《无事生非》（*Much Ado About Nothing*，1598–1599）

《亨利五世的一生》（*The Life of Henry the Fifth*，1599）

《尤利乌斯·恺撒的悲剧》（*The Tragedy of Julius Caesar*，1599）

《皆大欢喜》（*As You Like It*，1599–1600）

《丹麦王子哈姆雷特的悲剧》（*The Tragedy of Hamlet, Prince of Denmark*，1600–1601）

长诗《凤凰与斑鸠》（*The Phoenix and the Turtle*，1601）

《第十二夜》，又名《随心所欲》（*Twelfth Night,* or *What You Will*，1601–1602）

《特洛伊罗斯与克瑞西达》（*Troilus and Cressida*，1601–1602）

《十四行诗与"爱人的怨诉"》（*The Sonnets and "A Lover's Complaint"*，1599–1609）

《终成眷属》（*All's Well That Ends Well*，1602–1603）

《一报还一报》（*Measure for Measure*，1604）

《威尼斯的摩尔人奥赛罗的悲剧》（*The Tragedy of Othello, the Moor of Venice*，1603–1604）

《雅典泰蒙的一生》（*The Life of Timon of Athens*，1604？）

《李尔王的历史》(*The History of King Lear*, 1605)

《麦克白的悲剧》(*The Tragedy of Macbeth*, 1606)

《安东尼与克里奥佩特拉的悲剧》(*The Tragedy of Antony and Cleopatra*, 1606)

《泰尔亲王伯里克利》(*Pericles, Prince of Tyre*, 1607–1608)

《科里奥兰纳斯的悲剧》(*The Tragedy of Coriolanus*, 1607–1608)

《冬天的故事》(*The Winter' s Tale*, 1609–1610)

《李尔王的悲剧》(*The Tragedy of King Lear*, 1609–1610)

《不列颠国王辛柏林》(*Cymbeline, King of Britain*, 1610–1611)

《暴风雨》(*The Tempest*, 1611)

《卡迪尼奥》(遗失) (*Cardenio* [lost work], 1612–1613)

《都是真的》(《亨利八世》) (*All Is True* [*Henry VIII*], 1612–1613)

《两个贵族亲戚》(*The Two Noble Kinsmen*, 1612–1613)

参考书目

Jonathan Bate, *The Genius of Shakespeare* (London: Picador, 1997).

Jonathan Bate, *The Romantics on Shakespeare* (Harmondsworth: Penguin, 1992).

Harold Bloom, *Shakespeare: The Invention of the Human* (London: Fourth Estate, 1999).

Michael Bristol, *Big-Time Shakespeare* (London and New York: Routledge, 1996).

E.K. Chambers, *William Shakespeare: A Study of Facts and Problems*, 2 vols (Oxford: Clarendon Press, 1930).

Kate Chedgzoy, *Shakespeare' s Queer Children: Sexual Politics and Contemporary Culture* (Manchester and New York: Manchester University Press, 1995).

Jonathan Dollimore and Alan Sinfield (eds), *Political Shakespeare:*

Essays in Cultural Materialism (Manchester and New York: Manchester University Press, 1994).

John Drakakis (ed.), *Alternative Shakespeares* (London and New York: Routledge, 1985).

Terry Eagleton, *William Shakespeare* (Oxford: Blackwell, 1986).

John Elsom, *Is Shakespeare Still Our Contemporary?* (London and New York: Routledge, 1989).

William Empson, *Essays on Shakespeare,* ed. David Pirie (Cambridge: Cambridge University Press, 1986).

Marjorie Garber, *Shakespeare' s Ghost Writers: Literature as Uncanny Causality* (New York and London: Methuen, 1987).

Stephen Greenblatt, *Shakespearean Negotiations: The Circulation of Social Energy* (Berkeley: University of California Press, 1988).

Terence Hawkes (ed.), *Alternative Shakespeares Volume 2* (London and New York: Routledge, 1996).

Terence Hawkes, *Meaning by Shakespeare* (London and New York: Routledge, 1992).

Terence Hawkes, *That Shakespeherian Rag: Essays on a Critical Process* (London and New York: Routledge, 1986).

Graham Holderness (ed.), *The Shakespeare Myth* (Manchester: Manchester University Press, 1988).

Park Honan, *Shakespeare: A Life* (Oxford: Oxford University Press, 1998).

John Joughin (ed.), *Shakespeare and National Culture* (Manchester and New York: Manchester University Press, 1997).

Jan Kott, *Shakespeare Our Contemporary,* tr. Boleslaw Taborski (London: Methuen, 1965).

Carol Lenz, Ruth Swift, Gayle Green and Carol Thomas Neely (eds), *The Woman' s Part: Feminist Criticism of Shakespeare* (Urbana: University of Illinois Press, 1980).

Lawrence Levine, *Highbrow/Lowbrow: The Emergence of Cultural Hierarchy in America* (Cambridge, MA: Harvard University Press, 1990).

Charles and Michelle Martindale, *Shakespeare and the Uses of Antiquity* (London and New York, 1994).

Samuel Schoenbaum, *Shakespeare' s Lives* (Oxford: Clarendon Press, 1991).

Gary Taylor, *Reinventing Shakespeare: A Cultural History from the Restoration to the Present* (London: Hogarth Press, 1990).

Gary Taylor and Michael Warren (eds), *The Division of the Kingdoms: Shakespeare' s Two Versions* of King Lear (Oxford: Clarendon Press, 1983).

Brian Vickers, *Shakespeare: The Critical Heritage,* 6 vols (London, Henley, and Boston: Routledge & Kegan Paul, 1974–1981).

Brian Vickers, *Appropriating Shakespeare: Contemporary Critical Quarrels* (New Haven and London: Yale University Press, 1993).

Stanley Wells, *Shakespeare: The Poet and his Plays* (London: Methuen, 1997).

Stanley Wells and Gary Taylor, *William Shakespeare: A Textual Companion* (Oxford: Clarendon Press, 1987).

致谢

文字作者尼克·格鲁姆（Nick Groom）在此感谢 Richard Appignanesi, Jeffrey Kahan, Beth Kaye 和 Marina Warner，并将本书献给他的家人。插图作者皮埃罗（Piero）感谢 Richard Appignanesi 和 Oscar，并将本书献给他的父母、姐妹和 Silvina。

索引

W.H. 先生（W.H., Mr，）82-84，87

阿登，玛丽（Arden, Mary）3
阿尔都塞，路易斯（Althusser, Louis）138
埃塞克斯谋反（Essex Rebellion）135
埃文河畔的斯特拉福德（Stratford-upon-Avon）2，38-39
艾迪生，约瑟夫（Addison, Joseph）63
艾略特，T.S.（Eliot, T.S.）59，96-97
爱尔兰，威廉·亨利（Ireland, William Henry）53
暗码（cryptograms）161
奥尔迪斯，威廉（Oldys, William）78
奥布里，约翰（Aubrey, John ）13，21
奥维德（Ovid）8

《变形记》（*Metamorphoses*）8
巴纳姆，P.T.（Barnum, P.T.）55
拜伦勋爵（Byron, Lord）92-95
《暴风雨》（*Tempest, The* ）44，58，119-120，142-144
贝克，肯尼斯 (Baker, Kenneth)132-133
贝特，乔纳森（Bate, Jonathan）72
本森，约翰（Benson, John）79
伯比奇，理查（Burbage, Richard）21
伯吉斯，安东尼（Burgess, Anthony）10
伯克，埃德蒙（Burke, Edmund）99
勃兰兑斯，格奥尔格，评论家（Brandes, Georg, critic）103
勃朗宁，罗伯特（Browning, Robert）80
布莱希特，贝托尔特（Brecht, Bertolt）129
布里斯，威廉（Bliss, William）9
布鲁姆，哈罗德（Bloom, Harold）40，155，166

达文南特，威廉 (Davenant, William)49
大房子（Great House, the）39
道登，爱德华（Dowden, Edward）101
德·昆西，托马斯 (De Quincey, Thomas) 65
德·维尔，爱德华（de Vere, Edward）164
德国与莎士比亚（Germany and S.）126
德莱顿，约翰（Dryden, John）66
德鲁肖特，马丁（Droeshout, Martin）43
德语译本（German translation）81
狄更斯，查尔斯（Dickens, Charles）55
电影（cinema ）117-120
丢失的岁月（lost years, the）9
多诺修，丹尼斯（Donoghue, Denis）131

法梅尔，理查（Farmer, Richard）75
反犹主义（anti-Semitism）145
弗莱彻，约翰（Fletcher, John）44，72-73，149
弗洛伊德，西格蒙德（Freud, Sigmund）153，164
福柯，米歇尔（Foucault, Michel）138

歌德，沃尔夫冈·冯（Goethe, Johann Wolfgang von）91
歌剧（opera）112
格尔茨，克里福德（Geertz, Clifford）138
格雷夫斯，罗伯特（Graves, Robert）44
格林，罗伯特（Greene, Robert）27
格林纳维，彼得（Greenaway, Peter）119
格思里，威廉（Guthrie, William）78
国家剧院（National Theatre）109
国王剧团（King's Men theatre company）42

哈丁，乔治（Hardinge, George）100
哈里斯，弗兰克（Harris, Frank）103
哈姆雷特（Hamlet）15，35-36，38，40，90-99，153-154
哈姆尼特，莎士比亚之子（Hamnet, son of S.）12，38
哈维，加布里埃尔（Harvey, Gabriel）37
哈兹里特，威廉（Hazlitt, William）69，96，107
海瑟薇，安妮（Hathaway, Anne）11
赫尔德，约翰·戈特弗里德 (Herder, Johann Gottfried)107
《黑爵士》（*Black Adder, The*）121
黑女郎 (Dark Lady, the)85
黑人演员（black characters）151
　亦见种族（race）
黑僧剧场（Blackfriars Theatre）43
黑死病（bubonic plague）3
《亨利四世》（*Henry IV*）23,31-33,36,113,120
后殖民批评（Post-Colonial criticism）143-144
华兹华斯，威廉（Wordsworth, William）80
环球剧院
　建造 37
　烧毁 44
　重建 116
皇家莎士比亚剧团（Royal Shakespeare Company）109
霍克斯，特伦斯（Hawkes, Terence）166

基德，托马斯（Kyd, Thomas）8，40
吉尔伯特，W. S.（Gilbert, W.S.）162
纪念剧院（Memorial Theatre）109
济慈，约翰（Keats, John）89，98-99，168
加里克，大卫（Garrick, David）51，106
加斯特里尔，弗朗西斯（Gastrell, Rev. Francis）54
贾曼，德雷克（Jarman, Derek）119
《皆大欢喜》（*As You Like It*）14
精神分析批评（psychoanalytic criticism）153
剧院（theatres）37，43-44，109，114-116

卡莱尔，托马斯（Carlisle, Thomas）158
坎普，威尔（Kemp, Will）20
柯勒律治，塞缪尔·泰勒（Coleridge, Samuel Taylor）17，61，89-91
柯里尔，约翰·佩恩（Collier, John Payne）53
科莫德，弗兰克（Kermode, Frank）167
科特，简（Kott, Jan）129-130
克里奥佩特拉（Cleopatra）58-59，166-167
　作为黑女人 145
库珀，达夫（Cooper, Duff）9
酷儿理论（Queer Theory）152

拉康，雅克（Lacan, Jacques）153
赖奥思利，亨利（Wriothesley, Henry）25-26，30，83-84
浪漫派诗人（Romantics, the）88-89
《李尔王》（*King Lear*）53，78，102，122，150，154，168，169
《理查二世》（*Richard II*）41
鲁尼，J. 托马斯 (Looney, J. Thomas)164
《鲁克丽丝受辱记》（*Rape of Lucrece, The*）25，30，31
罗伊，尼古拉斯（Rowe, Nicholas）68，77

马克思主义（Marxism）135，138
马龙，埃德蒙（Malone, Edmond）70，77
马洛，克里斯托弗（Marlowe, Christopher）8，28，160，163
麦克雷迪，威廉（Macready, William）55
《麦克白》（*Macbeth*）65
　麦克白的诅咒（curse of）108
曼宁汉姆，约翰（Manningham, John）21
玫瑰剧场（Rose Theatre）114-115

蒙博特，弗朗西斯（Beaumont, Francis）60
弥尔顿，约翰（Milton, John）60
米德尔顿，托马斯（Middleton, Thomas）105
米尔斯，弗朗西斯（Meres, Francis）31-32
莫雷，托马斯（Morley, Thomas）43
穆雷，詹姆斯（Murray, James）74

奈茨，L.C.（Knights, L.C.）110
南安普敦伯爵（Southampton, Earl of）
  见 赖奥思利，亨利（Wriothesley, Henry）
  25-26，30，83
"牛津版"《莎士比亚全集》（*Oxford edition of works*）22
牛津伯爵（Oxford, Earl of）164
诺贝尔，艾德里安（Noble, Adrian）116
女性主义批评（feminist criticism）146-151

欧洲人的莎士比亚（European S.）127

帕默斯顿勋爵（Palmerston, Lord）159
培根（Bacon）
  迪莉娅（Delia）158
  弗朗西斯（Francis）157-165
批评（criticism）63，128-155
  亦见乔纳森·贝特；勃兰兑斯；约翰·戈特弗里德·赫尔德
皮尔，乔治（Peele, George）8
剽窃，莎士比亚受到的指控（plagiarism, S. accused）27
蒲柏，亚历山大（Pope, Alexander）50,69

钱伯斯，E. K.（Chambers, E.K.）34
情节处理（plots used）58-59
琼森，本（Jonson, Ben）8，13，22，46，53，56-57，66-67，167

莎剧编辑（editors of S.）68
莎剧改编（adaptations of S.）112-113
莎士比亚，威廉（Shakespeare, William）
  演员生涯（acting career）13-14，16
  出生地（birthplace）55
  出生（born）2
  书（books）53
  安葬（buried）47
  孩子（children）12
  家族盾徽（coat of arms）39
  债务，父亲（debts, father）6
  去世（dies）46
  教育（education）7
  家庭（family）5
  被忽略的（neglected）12
  父亲（father）3-4，6
  庆典（jubilee）51
  拉丁文（Latin）
    教育（education）7
    教书（teaches）9
  婚姻（marriage）11
  哈姆尼特，儿子（son, Hamnet）12，38
  名字的拼写（spelling of name）26
  剧场工作（theatre work）20
    重返（returns to）30
  遗嘱（will）45
  父亲的羊毛生意（wool-dealing, father）5-6
  素材，作品（works, sources）58-59
"莎士比亚的小伙子们"剧团（Shakespeare's Boys）49
神话，关于莎士比亚的（myths about S.）48
《圣经》，詹姆斯一世国王钦定版（Bible, King James）161
史密斯，威廉（Smith, William）67
四开本，好的和坏的（Quartos, good and bad）34-36
手稿（manuscripts）52

泰勒，加里（Taylor, Gary）113
《泰特斯·安德洛尼克斯》（*Titus Andronicus*）

8，16，31，36，144
汤森版本（Tonson editions)70,74
唐纳利，伊格内修斯（Donnelly, Ignatius）160
天才莎士比亚（genius, S. as...）56，60，63，66
同性恋（homosexuality）152
托尔斯泰，列夫（Tolstoy, Leo）167
托马斯，珀金斯（Perkins, Thomas）53
《托马斯·摩尔爵士》（*More, Sir Thomas*）18-19
托马斯·赖默（Rymer, Thomas）63

王尔德，奥斯卡（Wilde, Oscar）84，152
威尔莫特，詹姆斯（Wilmot, Rev. James）157
威廉斯，雷蒙德（Williams, Raymond）138
伪造本（forgeries）53
瘟疫（plague）3，24
文化唯物论（Cultural Materialism）138-141
文体学（stylometry）73
沃伯顿，威廉（Warburton, William）70
沃纳梅克，萨姆（Wanamaker, Sam）116
《乌尔－哈姆雷特》（*Ur-Hamlet, the*）40
伍尔夫，弗吉尼亚 (Woolf, Virginia) 148

西奥博尔德，路易斯（Theobald, Lewis）64，69，72-73
西伯，科利（Cibber, Colley）107
戏剧，莎士比亚创作（plays by Shakespeare）
　亲自出演（acting in own）14，16
　对作者身份的质疑（authorship questioned），105，156-165
　开始写作（began writing）18
　以其他形式（in other forms）112
　关联（links between）16
　遗失（lost) 71
　误以为（wrongly attributed）71-72
《闲谈者》期刊（*Tatler* magazine）66
现代派（modernism）96-97
萧伯纳（Shaw, George Bernard）110，123
新地（New Place）39
　桑树 54
新历史主义（New Historicism）136
新莎士比亚协会（New Shakespeare Society）104-105
学校课程（school curriculum ）124
雪莱，珀西·比希（Shelley, Percy Bysshe）92，95
《驯悍记》（*Taming of the Shrew, The*）32，102，105，120，149

扬格，爱德华（Young, Edward）67
伊格尔顿，特里（Eagleton, Terry）140
英国内战（Civil War, English）44
约翰逊，塞缪尔（Johnson, Samue）70，74

政治（politics）41,134
　亦见马克思主义
种族（race ）144
传记（biography）10，77
卓别林，查尔斯·斯宾塞（Chaplin, Charles）165
资本主义（capitalism）140
作品素材（sources of works）58-59
作为自传的十四行诗（autobiographical sonnets）79-80
作者之争（authorship controversy）156